蔡澜 —— 著

蔡澜 —— 谈 —— 爱情

只 为 优 质 阅 读

好
读
Goodreads

金庸序

蔡澜是一个真正潇洒的人

除了我妻子林乐怡之外，蔡澜兄是我一生中结伴同游、行过最长旅途的人。他和我一起去过日本许多次，每一次都去不同的地方，去不同的旅舍食肆；我们结伴同游欧洲、三藩市，再到拉斯维加斯，然后又去日本，最近又一起去了杭州。我们共同经历了漫长的旅途，因为我们互相享受做伴的乐趣，一起去享受旅途中所遭遇的喜乐或不快。

蔡澜是一个真正潇洒的人。率真潇洒而能以轻松活泼的心态对待人生，尤其是对人生中的失落或不愉快遭遇处之泰然，若无其事，不但外表如此，而且是真正的不萦于怀，一笑置之。"置之"不太容易，要加上"一笑"，那是更加不容易了。

他不抱怨食物不可口，不抱怨汽车太颠簸，不抱怨女导游太不美貌。他教我怎样喝最低劣辛辣的意大利土酒，怎样在新加坡大排档中吸牛骨髓，我会皱起眉头，他始终开怀大笑，所以他肯定比我潇洒得多。

我小时候读《世说新语》，对于其中所记魏晋名流的潇洒言行不由得暗暗佩服，后来才感到他们矫揉造作。几年前用功细读魏晋正史，方知何曾、王衍、王戎、潘岳等这大批风流名士、乌衣子弟，其实猥琐龌龊得很，政治生涯和实际生活之卑鄙下流，与他们的漂亮谈吐适成对照。我现在年纪大了，世事经历多了，各种各样的人物也见得多了，真的潇洒还是硬扮漂亮一见即知。我喜欢和蔡澜交友交往，不仅仅是由于他学识渊博、多才多艺,对我友谊深厚,更由于他一贯的潇洒自若。好像令狐冲、段誉、郭靖、乔峰、四哥都是好人,然而我更喜欢和令狐冲大哥、段公子做朋友。

蔡澜见识广博,懂得很多,人情通达而善于为人着想,琴棋书画、酒色财气、文学电影,什么都懂。他不弹古琴、不下围棋、不作画,但人生中各种玩意儿都懂其门道,于电影、诗词、书法、金石、饮食之道,更可说是第一流的通达。他女性朋友不少,但皆待之以礼,不逾友道。男性朋友更多,三教九流,不拘一格。

过去,和他相对,喝威士忌、抽香烟谈天,是生活中一大乐趣。自从我去年心脏病病发之后,香烟不能抽了,烈酒不能饮了,然而每逢宴席,仍喜欢坐在他旁边,一来习惯了;二来可以互相悄声说些席上旁人不中听的话,引以为乐;三则可以闻到一些他所吸的香烟余气,稍过烟瘾。

蔡澜交友虽广,不识他的人毕竟还是很多,如果读了我这篇短文心生仰慕,想享受一下,听他谈话之乐,又未必有机会坐在他身旁饮酒,那么读几本他写的随笔,所得也相差无几。

蔡澜 爱情 语录

✖ 年轻人最大的毛病是没有勇气,对一种感情的无疾而终,似乎当成享受。我当时也患过这种无聊的绝症,我回想起来,很傻,所以我并不喜欢年轻的我。

✖ 要记得一点,不管自己的条件如何,我们都有权追别人。当然,人家也有权拒绝我们。一切是公平的。

✖ 给人家一个机会,说起来好听。事实上,你应该给自己一个机会。

- 迷恋一个人，崇拜一个人，都是心理还不成熟的表现。这与年龄和经历有关，我也曾经历过这个阶段。

- 有些女人会因为一次的婚姻失败而导致对婚姻的恐惧，这是对自己没有信心的表现。希望你不会。

- 所谓"江山易改，本性难移"，恋爱中的男女以为爱情的力量可以改变一切。这种看法太过幼稚，成功的机会几乎是零。

- 送一些小礼物给你，也表示他的爱意和礼物一样小。真的爱你爱到发狂的话，什么都送。你矛盾些什么？一点点小礼物就能打动你的心？太贪了吧？

- 快乐的单身女郎有很多。女人不一定要嫁人才有完美的人生。完美的人生，是如何对自己更好一点，对别人好一点。婚姻是人类发明的人生，是如何对自己更好一点，对别人好一点。婚姻是人类发明的一种制度，不是大自然的规律，遵守它，是遵守别人想出来的一种概念。不理会它，是自己的决定，不是罪恶。

- 一个不能生育的女人，并不代表一切都完蛋了，你的缺点是太过迂腐。

- 别把责任推到你儿子身上，多少单亲家庭培养出来的小孩都很正常，你别小看了你的孩子。

- 坚强一点，接受与分离选择一样，中间的话，永远痛苦，而长痛不如短痛，你叫自己"痛心人"，是否很享受痛呢？

- 家庭一有破裂，绝对是双方的事，什么人都逃不了责任，并非环境逼你。

- 要忘记一个男人，是最容易的事，身边的阿猫阿狗，随便爱一个，就可以忘记他。忘不了，是因为不想忘。你不想忘，神仙也救不了你。

- 骂女人、打女人的男人好不到哪里去。动手欺负比他更弱小的人，已然丧失了做人的资格。

蔡澜 —— 谈 —— 爱情

contents
目录

盲目结婚，得失自量　042

要和前任和好吗？人性是不容易改的　047

有时候的爱，真的只是自我感动而已　052

当家人成为爱情路上的绊脚石　056

爱没有开始就不会有结局　061

迷恋一个人，是心理不成熟的表现　066

脱单的机会就是勇于尝试　071

忘不掉前任？找个爱好替代Ta　075

用适当的手段来维护自己的权益　079

辑一

先学独立，再学爱

年轻的人啊，请勇敢地迈出第一步 002

不一定要结婚生子才是完美人生 006

人难免多情，但请保持理性 011

极度猜疑＝极度痛苦 015

为孩子选择隐忍？反而害了自己，害了他 020

婚姻破裂双方都有责任，别推责，别自贱 024

他不爱你，就放手吧 029

快清醒吧，人渣总有理由让你无私奉献 034

主动，才会有一半的成功率 038

contents
目录

他因为不爱你，所以才会不重视你 130

因为自尊而羞于示爱，说明你并不爱Ta 135

生闷气不可取，说出不满才能解决问题 140

友情和爱情纠缠的三角恋，不如打开天窗说亮话 145

爱情真的要来，你挡也挡不住 149

爱他，就光明正大告诉他 153

爱得够深的话，是包容她的全部 157

懦弱的人，离开让你痛苦的人吧 161

辑二 好的感情需要用心去经营

多走走才发现,所谓『唯一』并无独特性 086

所谓的爱情,是烦恼,也是福气 091

备胎们,对待感情反反复复的人,不值得爱 095

疯狂假设情节,不如付出行动去证明 100

真爱是盲目的,也是最容易消耗的 104

留不住的感情不如趁机放手 109

做个为爱而勇敢的人,不必在乎那些闲言碎语 114

积极争取爱情的人好于被动等待 118

他是喜欢你,但没有达到爱的程度 124

contents
目录

尽自己所能去生活就值得人尊敬	196
沟通是交友利器	202
当婚姻不牢靠,不如洒脱一些做自己	210
不被世俗束缚的人最年轻	213
靠人不如靠己	215
离开错的人,去过自己喜欢的生活吧	222
知足者常喜乐	229
做人先要有礼貌,温柔就跟着来	231

辑三 越走越优雅

依傍自己，才能有更充实的快乐 170

寻得人生乐趣所在，是一种难得的幸福 173

人生看得透，一切都没什么大不了 179

懦弱的人，得不到爱情 182

人活一世，不妨大胆一些 185

强大是治伤心的良药 188

做人有自己的主张，生活不会坏到哪里去 190

活出肆意，活出洒脱 192

做自信的女子，才能不畏质疑 194

contents
目录

尽善尽美地去做事，便是人生最高成就	273
好的女人不会老	279
年轻人最稀缺的是勇敢	282
爱要勇敢表达	285
女人越强势，对家庭毁灭性越大	288
关于金钱，不如自己赚来的花得那么痛快	295
你若盛开，蝴蝶自来	298
永恒的婆媳矛盾	305

辑四

愿你在爱中

学会勇敢

二十条最不可抗拒的魅力 240

谁不偏爱努力的女孩儿 247

自信又迷人的女人，老得优雅，老得干净 253

放手，让孩子去成长吧 259

关于王尔德一些不论好坏的观点 262

写给大龄女青年的话 265

男人和婚姻一样无聊 268

做个自由的人，无所谓剩女不剩女 271

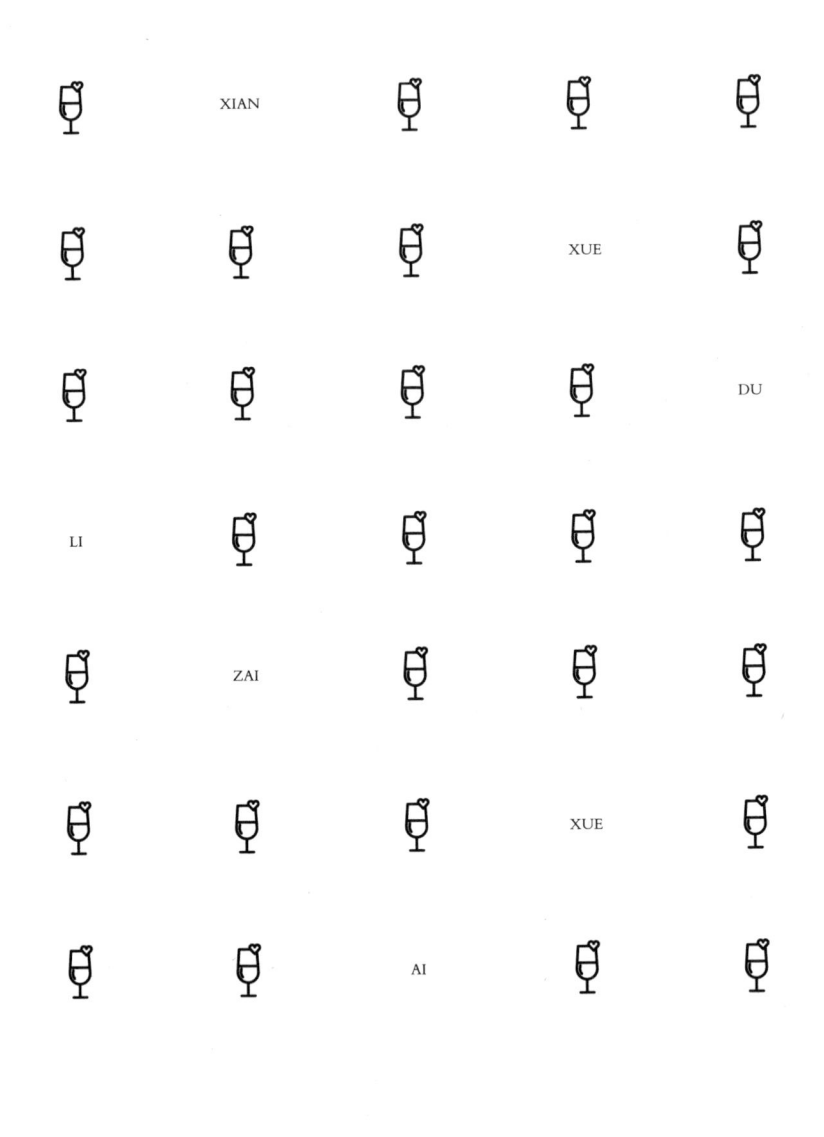

		XIAN			
				XUE	
					DU
LI					
	ZAI				
			XUE		
		AI			

辑一

先学独立,再学爱

年轻的人啊,请勇敢地迈出第一步

蔡澜先生:

你好,我心里有些问题想向你请教。

我是一个二十岁的少女,是一个内向的人,没有什么朋友(包括异性的朋友)。我是住在沙田某公共屋村,在九龙湾一家工厂当文员,每天清晨大约八时二十五分在村内巴士站搭车上班。

每天在巴士站等车时,总发觉有一名二十余岁的男孩子,他样子生得很英俊，身穿笔挺新西装，手挽着公事包，和我在同一巴士站等车。

每天我俩都是搭同一班车上班，而他比我早一个站下车，但当他下了车的时候，我心里总有不舒服的感觉，心想我是否开始喜欢他？如是者，一天一天地过去，就是没有勇气去认识他。

蔡澜先生，我很希望你能替我想出个办法去认识他，很想知道他是否有女友。

祝你身体健康！
读者小倩 上

小倩：

啊，在巴士上见到不敢开口的情人，这种感觉多么珍贵！

我也遇过，那是数十年前的事了。看你的来信，又勾回一幕幕的回忆，的确是痛苦得甜美，至死不忘。

你别胡思乱想。人还没认识，就想知道对方有没有老婆、女友，早了一点吧？

年轻人最大的毛病是没有勇气，对一种感情的无疾而终，似乎当成享受。我当时也患过这种无聊的绝症，我回想起来，很傻，所以我并不喜欢年轻的我。

我知道我是改变不了你的。因为当年的我，也没有办法改变我自己。

不过若是我还有一个机会，像你这样年轻，我绝对会主动地和他接触。

这个年代，女人主动不是一件羞耻的事，不然你们还喊什么平等？

先等他的目光，正在对着你望过来时和他微笑一下。若是他没有反应，那就算了，不必再坚持。

如果他也礼貌地报以笑容，下一次便进一步地说声早安。这很自然，也没什么大不了。

接着淡然地问他的工作，向他说你的生活习惯。一切顺其自然，不必急，也不必勉强，一下冲得太猛，对方或者认为你是花痴。

要看对方的反应而决定下一步棋。

这个英俊的男人，不知他的底细，也许是个同性恋者呢？

主动之下，得不到应得的效果，就死了这条心，反正对自己有个交代，便不会一直猜疑下去了。

一天一天地过去，是浪费你自己的感情，到最后像我这样后悔，不值得。

祝好！

蔡澜　上

不一定要结婚生子才是完美人生

蔡澜先生：

十年前，当我还是一个十五岁的中学生时，我已不快乐，因我经常要去医院检查身体、做手术。那时，我已知自己失去生育能力，但从未为此而哭。中学时代，看见人家成双成对的，我极其羡慕。到二十岁时，我终于找到一个自己深爱的人。但那又怎样，越爱他，我越不得不跟他分手。于是，我找借口离开了他，他当时恨透了我。在我从他的世界消失之前，他已交了一个女朋友，至今他们还在一起。我衷心地祝福他们。

两年后，在朋友的介绍下，我认识了他。一开始，我们便已知双方没有将来，彼此过着偷偷摸摸的生活。有时觉得很辛苦，但越是这样，我越是爱他。他爱我吗？我也不太清楚。他非常介意我与其他异性约会。他希望我每天下班后便回家，但不等于他每晚会给我打电话。这些是"没有爱的自私"，还是"有爱的妒忌"？

有时候，他会告诉我，他与前女朋友一起吃饭云云，并问我是否会心痛，而我每次只是一笑置之。其实，我心里不是没反应，只是不想让他看穿而已。

蔡澜先生，男人是否会宠爱把第一次奉献给他的女人呢？他会难忘吗？珍惜吗？他对我是真情付出还是玩弄感情？怎样都好，我始终很爱他。越是爱他，我越是害怕将来会伤得更重。不能与他结婚，这是改变不了的事实。是否真的要有第三者出现才能让我放弃他？或是，我正在期待他有新女朋友？我是否就这样完蛋了？我很想哭，但哭不出来，只有心痛。

蔡澜先生，教教我该怎样做吧！我没有支持者，我身边的亲人常劝我努力工作,年老时自己照顾自己,结婚的事不要去想……真的要这样过一生?那我宁愿只活到三十五岁!

不懂哭的人

不懂哭的人:

你是一个很好的女人。

你没有支持者,我来支持你好了。

一个不能生育的女人,并不代表一切都完蛋了,你的缺点是太过迂腐。多少人因为怀孕而拿掉小生命!不能生育?有些人还求之不得呢!一个男人如果因为没有子嗣而抛弃女人,那么这种人爱不得,也不值得爱。

快乐的单身女郎有很多。女人不一定要嫁人才有完美的人生。完美的人生,是如何对自己更好一点,对别人好一点。婚姻是人类发明的一种制度，不是大自然的规律，遵守它，是遵守别人想出来的一种概念。不理会它，是自己的决定，不是罪恶。

第一个男朋友离去，你扛了下来。第二个男朋友若再走掉，你也不会因此而丧命。即便是第十八个男朋友离开，日子也是一样过，人总得活下去。

如果和现在的男友不能分开，那就认命吧。偷偷摸摸的生活，好过寂寞的生活，你说是不是？

你说有苦有甜，那么把注意力放在甜的方面吧！

你问我，男人叫女人等他，这是"没有爱的自私"还是"有爱的妒忌"？

那么，如果男人不叫女人等他，女人是不是又会抱怨男人对她毫不关心？

爱情，永远是如此矛盾。

回答你的问题：

一、男人是会记得把第一次奉献给他的女子。因为，男人一生中，不会遇到太多的处女。

二、只要你爱他，管他什么难忘、珍惜、真假呢？

三、相信我，有很多男人，是不想要子女的。我就是其中的一个。

蔡澜

人难免 多情，但 请保持 理性

亲爱的蔡澜：

你好！我是你的长期读者，有人说"给成年人的信"不是你亲自回的，我想不会吧！因这会影响你的写作风格，对吗？

我今年二十三岁，在我公司里，我相信我喜欢上一个男经理，但是我已有一个很要好的男朋友，他除了样子不及我公司男经理英俊外，不论人品、事业、用情专一皆胜男经理很多，而且他对我十分好。故此，我绝对不会放弃我的男友的，只是，我内心却真的有小小喜欢上男经理,与他交谈,我总有如沐春风的感觉。他经常在我tea time的时候找我聊天。在我有困难时,他便主动帮我。他说他只会帮我,不会帮其他人。我想或许他有小小喜欢我吧!他曾试过送些小礼物给我,我真的很矛盾,我不想放弃我现在的男友,因为我男友的好,打着灯笼也不会找到第二个,但是公司的男经理样子真的很英俊。蔡生,现在我见不到男经理时,便会想着他。每次同他交谈,当我提到我男友怎样怎样时他便会面色一变,顿时变得有趣。我喜欢他,只是将心事放在心里。当然,我绝对不会让他知道。

OK!请蔡生阅过此信后,给我一些意见吧!

贪心的坏女人 上

贪心的坏女人:

你不是什么坏女人,也不贪心。

所有的信都是我亲笔回的。要赚杂志的稿费,连这一点良心都没有，怎么能行？问问朋友的意见，做做参考，倒是有的。

你的问题根本不是问题，从两个男人之间挑选，何难之有？要是从三个、四个、五六七八个中挑选，才有点棘手。

女人在学校里爱上老师，在公司中爱上上司，都是经常发生的事。女人爱幻想爱情，男人则直接要她们的身体，这是男女不同之处。

你把公司的经理说得那么好，我倒觉得他没什么了不起。至少，一个有信心的男人不会向女人说："我只是帮你罢了，其他女人我是不帮的。"

说这种话的男人当然有目的啦，你还看不出吗？

好的男人应该什么人都帮，而且不加任何条件的。

送一些小礼物给你，也表示他的爱意和礼物一样小。真的爱你爱到发狂的话，什么都送。你矛盾些什么？一点点小礼物就能打动你的心？太贪了吧？

既然知道原本的男友打了灯笼都找不到，就应该好好地珍惜，样貌差一点又如何？喜欢漂亮的男人，银幕歌坛中多的是，你当他们的影迷歌迷好了，这一个留做丈夫。

男人最不喜欢女人在他面前提别的男人。假若大方，女的反而觉得不关心她们之故。女人有时候很难搞的。

祝好！

蔡澜　上

极度 猜疑 = 极度 痛苦

蔡澜先生：

你好。

我今年十九岁，与现任男友恋爱五年了，可是我一直都不信任他。三年前，我获知他因赌博而欠下一笔债，但没有介意，并极力支持他，希望能从头来过。

我一向不信任他的同事，因为知道他们好赌，所以不喜欢他与他们来往，可是他却时常瞒着我跟他们出去玩。我心里很愤怒，但却很爱他，感觉十分矛盾！我觉得很辛苦，但又不想放弃五年的感情。以前他对我真的很好，现在却对我忽冷忽热。近来，我向他暗示他对我太过疏忽，把问题拿出来讨论，他保证一定改正。

这之后的几天，他对我很好，可是很快我又为另一件事而心烦：几天前，我获悉他瞒着我和一群同事到旺角的一家练歌房去玩，由此怀疑他可能做了对不起我的事。我很生气，越发觉得他有一段时间行为古怪，令我疑心倍增。

我原以为，愤怒或不高兴时用烟或酒来解决是对的，然而又觉得好像是在折磨自己，身边的朋友均不赞成我再跟他在一起。可惜，我还对这段感情及他抱有希望。我爱他，但又恨他所做的一切。

蔡澜先生，我究竟应该怎么做？我是否太执着？怎样才能知道他现在是否还爱我？是否男人逢场作戏，女人便应该装作浑不知情？请为我解答，谢谢！

雯峰少女　上

雯峰少女：

生活在猜疑中是件极度痛苦的事。

整天打探男友的行踪，知道后心里又不舒服，再严重些，自己推测男友的行为，越想越气，越气越急，最后只有去上吊了！

试试看，把自己当成对方：遇到一个问长问短的女人，为了避免她多疑，做什么事都不敢让她知道，这多无聊？原以为对得起她就是，但她三两天一次，什么事都诸多盘问，不高兴时又抽烟又喝酒，真不知可以忍受她多久！

下班之后和同事们出去玩玩，疏减压力，但她偏偏以为是去"鬼混"，只好再找借口安慰她，但她越来越不信任，感情逐渐恶化。

所谓"江山易改，本性难移"，恋爱中的男女以为爱情的力量可以改变一切。这种看法太过幼稚，成功的机会几乎是零。

男友和同性朋友来往，有何不妥？除非你能证实他的不忠，不然只是自讨苦吃。

你感到苦恼，问我怎么办，我的答案如下：

一、不顾一切地继续来往，只有奉献，不去猜疑。

二、一刀两断，不要留恋五年的感情，再这么拖泥带水，将来浪费的是七年、十年，甚至是儿女成群的数十年。

走中间路是最坏的，永远无可救药。

你问我，男人逢场作戏，女人是否应装作不知？是的，答案是肯定的。有时候，知道越多，痛苦越多。痛苦源于知道了一切可以不知道的事。你的例子只是猜测，不肯定算是好的了。

恋爱是开心的、快乐的，当然也会闹些小风波，这都是插曲，影响不了主题。一般人一生之中恋爱次数不会多过五根手指，好好地享受吧!要是坚持着猜疑的心态,不妨多猜疑几个,增加猜疑的痛苦,也许是你所希望的。

祝好!

蔡澜

为孩子 选择 隐忍？
反而害了 自己，害了 他

蔡生：

我一九九一年认识现在的先生，一九九三年结婚，那时我还身在内地，当时我身边的追求者条件好过他的人很多，但我却认为他够老实、诚恳，最后就是拣了他（当时曾经有人拿出一大笔钱买房子给我作为结婚礼物）。自结婚后，他每天奔波于粤港两地，我以为我们可以长相厮守，特别是一九九五年我儿子出生后，我单程来到香港，开始人生新的一页。

但自一九九六年和人合伙做生意之后，他便以去东莞厂与供应商沟通为理由，经常去太平（虎门镇），我更发现他在上面开始嫖娼，我曾经多次暗示，我知道他的所作所为，但他却以为可以瞒天过海，甚至每星期上去两次。为此我与他大吵一场，他表示以后上去会当日回来，不过夜，但没几天，故态复萌，并且死口不认嫖娼。

我不愿看到年幼的儿子在单亲家庭中，在别人的冷眼歧视中成长，他也发誓说以后不再去嫖，但当我一想起他和那些妓女一起的情形，就会冒起无名的怒火和愤怒，心中隐隐作痛，真想做出傻事！我该怎么做？请蔡生能在百忙之中给我点意见。

痛心人　上

痛心人：

你的情形是没有药可救的，给你什么意见都属多余。

男人婚后在外边胡搞，是对身边的女人失去了兴趣。

一个生育过的女人,如果不好好照顾自己的体形和容颜,当然比新婚时差得多,你也许感觉不到,但对方绝对知道你的变化。

再加上你所谓的"不理智的方法"逼他,是男人都会怕了你。

当年你有很多追求者是事实,但是"当年"这两个字,也是事实。人,怎么可以一直活在"当年"。

你后悔的也许不是他的不诚实,而是后悔没有拿了那个人的一大笔钱和他要买给你的房子吧?

嫁给他,是你的决定,没有人用"不理智的方法"逼你,难道你还是一个十二三岁的黄毛丫头,什么都不懂吗?

我不是因为自己是男人,而为你的丈夫辩护。他当然有错,但这些错,是单方面的吗?

你介意他在外面找女人,那表示你还是深深地爱着他。冷静地想想吧，你和他大吵一顿，他说不在外面过夜，你就相信了他？真的太蠢了，若是男人想要出轨和过不过夜没什么关系！

现在，不管他发不发誓，我看他是永远改变不了的。要决定的是，你到底要不要离开他？你想要的离婚，是否做得到？

别把责任推到你儿子身上，多少单亲家庭培养出来的小孩都很正常，你别小看了你的孩子。

千万不要做任何傻事，傻事解决不了问题。就算一了百了，也是一种不负责任的事，你不但令你的先生痛苦一辈子，你儿子所受的打击将比在单亲家庭生长的更大，你既然介意你儿子，就更不应该去做傻事。

坚强一点，接受与分离选择一样，中间的话，永远痛苦，而长痛不如短痛，你叫自己"痛心人"，是否很享受痛呢？

蔡澜　上

婚姻破裂 双方 都有责任，别 推责，别 自贱

蔡澜先生：

我来自潮州，持单程证来港两年，女儿两岁了，跟家翁家婆一起住在三房二厅，他们都是潮州人，我们三个返工，家婆在家里带baby。本来应该是一个幸福的家庭，但是家家有本难念的经，家婆神经过敏，疑心重，以前我还没出来工作，她经常跟我吵架，现在我出来工作，她就两公婆吵，有时跟她儿子，总之搞到我跟老公的感情都出了问题，家里天天这样吵，烦死人，根本没有人想回家。我跟家婆的关系差，我根本不想面对她，但每天收了工都得赶紧回家，可回

到家老公就同我吵架。结婚三年，他根本没有尽过老公的责任，什么都要依赖我，什么都要迁就他，我觉得很辛苦。他曾经怀疑我有男朋友，侮辱过我，说得很难听，总之一言难尽，这样的家我无法住下去，很想离开这个伤心之地，我发觉已不再爱他，性生活都没兴趣，这样下去，几十年怎样相处？我想离婚，但是有个女儿，我不知该怎么办？我对他已完全没有感情。

我在公司认识一个男子，没认识他之前，家里已经出现很多问题，已经打算离开这个家，当时他不知我已结婚，后来知道很生气，几天没找过我。我不是有心骗他，我怕他会离开我，我对他有好感，为了他我什么都肯做。为了多些时间跟他在一起，收了工晚饭没吃就赶去跟他见面，放半个月大假，我会很想念他。最近他有新欢，我发觉是公司的人，很生气，但是没用，因为我是结了婚的人，我要求他跟我在一起，他不肯，在一起一年了，他从未叫过我离婚，我提出跟他在一起，他拒绝，说不想破坏我的家庭，我发觉他是欺骗我、玩我，但是我心甘情愿，因为我喜欢他。

因为家庭和环境逼我这样做，如果不是这样，我可以对自己保证，我绝对不会做出这样的事，因为我本质不是这样的。我觉得做人难，做女人更难，做人很辛苦。

一个不知道怎么办的伤心人　上

一个不知道怎么办的伤心人：

唉，悲剧不只发生在你一个人身上，别把自己形容得那么凄惨，问题发生了，冷静去解决，是唯一的办法。

按理说，既然已和丈夫没有感情，可以提出离婚的。但是，你是一个持单程证者，离了婚是不是要被赶回去，我不知道。这一点，你应该问清楚后才下决定。

每一个家婆都会和媳妇有成见的，或多或少罢了。当然，心爱的儿子给别的女人抢走了，她们有时会把这种失落错误地怪在儿媳身上。而且这一生也没有做过什么威风事，只有拿媳妇来出出气，这是东方女人的悲哀，也不是我们这辈子能有什么改变的。

你现在的家,看来是没有救药了。

不过你和那个男同事,未来同样渺茫。

这个男的根本不爱你,免费的性,谁不要?他本来可以大方地拒绝,但是他选择用借口说不要破坏你的家庭,显然是一种懦夫的行为,是让人看不起的。

你明明知道他在玩弄你的感情,你还心甘情愿地爱他,是因为你根本已无路可走,你说得好听,因为中意他,这个借口也可怜。

家庭一有破裂,绝对是双方的事,什么人都逃不了责任,并非环境逼你。

这一点,你先弄个明白,错也在你。

"做人难,做女人更难"这句话,是女人轻视自己才说得出的。男女平等,谁有特权?

是的，做人很辛苦。但是在思想上弄清楚了，总会解决。

我认为你应该两个男人都不要，自力更生地带着女儿出去闯一闯。

别考虑有什么后果，留在香港，或回去内地都一样，要活下去的，只追求活得快乐一点。也许这一闯，会更痛苦，但不试一试怎么知道？只要不后悔就是。

天下比你绝望的女人多的是，别太抬举自己。你还有的吃有的穿，你的伤心，根本微不足道。

忍下去，或豁出去，你决定好了。

祝好！

蔡澜　上

他 不爱你，就 放手吧

蔡澜先生：

你好！我是一个很固执及从一而终的人，以下有些问题想请教阁下，请赐教。

最近我和相恋了四年的男朋友分手了，其实这次并非我和他第一次分开，而是第三次了。他是做纪律部队的，我第一次与他分开，是他要入camp接受半年多的训练，那次由于大家仍深爱对方，所以半年后他出camp后，大家仍然十分珍惜对方。

至于我们第二次分开，是在一个十分突然的情况下而发生的。有一天，他突然痛哭地对我说，对我已没有了感觉，说我们的这段情就此算了吧，我起初真的接受不了，因为之前的一个星期我们仍然很好，我接受不了如此突然之打击，仍时常打电话给他，寄信给他。也许是我太烦，也许是我的"可怜"触动了他的心，有一天他再找我，我们便又在一起了，但是这一次，其实我知他是想帮助我适应如何度过没有他的日子罢了。

我们第三次是在一个很平静的情况下分开的，有一天我上他家，正巧听见他与他的朋友在谈话，从他的语气及态度我知道他正与另一个女孩倾谈，而且我感到他们不只是普通的朋友那么简单，在我了解了他与她的一切之后，我们平静地分开了，因为他说他爱上了一个与他合拍的同事。

说也奇怪，我并没有恨她，恨她抢走了我今生中最重要的东西，我的心只想如果她比我更能令他快乐，我也应该替他高兴。虽然看似自己已经想通了，只是自己仍有一个心结解不开。我口里说得洒脱，但是内心做不到不想他，我更傻到每星期都风雨不改地去拜一次黄大仙，期望他的心早日察觉到原来最爱的是我，早日回来找我……我知道我真的会等他一生的……

蔡先生，我这样是否很傻？到底要怎样做，才可以解开这个心结？请帮帮我！

迷途小羔羊TK　上

迷途小羔羊小姐：

本来，要是人家写信给我，告诉我和你同样的一事，一定给我大骂一番。

但是，第一，你的字迹端正；第二，文笔通顺，至少胜过许多大学生；第三，你说你曾经想过如果这女人比你更令你的男友快乐，也应该替他高兴，这表示你还是有救的，所以对你，我必须仁慈一点。

如果这样的事相反地发生在女人身上，比方说你有了一个新的男友,那么你绝对不会给他一个机会,再和他好一阵子不分开。女人和男人有别,女人是更加绝情的,说走就走,连回一回头的举动都省了。

明白了这种心理之后,你要求他再与你结合,是不公平的。还要去求黄大仙做坏事,仙人怎么肯?你每个星期风雨不改地去拜黄大仙,照样去好了,但是这次祈求的不是让他早日察觉,而是让你自己早日察觉。

是的,你想等他一生是很傻的。你没说今年多少岁,不会是七老八十吧?一生,很长久的呀!就算你和他结了婚,也不担保一生不会起变化嘛。

不管怎么说,你这个心结还是解不开的,要帮也帮不了,你继续等吧。

但是,在等待期间,认识其他男友,拍拍散托,不是很过分,也不是对他不忠。变心是由他开始的,你没有罪,你有权利这么做,谁也不会怪你。

千万别拍散托就认对方是老公,这会把人家吓跑的。当成热身运动好了,准备他回心转意时,更有经验得到他的欢心。

一个已被拒绝,还拼命在人家楼下等,拼命写信,拼命做可怜状的女人,是一个非常恐怖的女人。

这种女人的下一步,就是泼硫酸水。

正常的人都会怕这种癫婆。

你只是迷了途罢了,不是发神经吧?

也许,对你仁慈是没用的,兜头掴一巴掌,才会醒吧?

祝好!

蔡澜

快 清 醒 吧，

人渣 总有理由 让你 无私奉献

蔡澜先生：

您好。我则不太好，因为我一直被感情问题困扰，所以请蔡先生帮忙，希望好过些。

我跟Sam的爱情游戏，在三年前我们在美国相识时已开始。说是"游戏"，是因为他一开始已有女朋友，而我最初也只是仰慕他的智慧，当时我已工作，恋爱，我们都视彼此为另一个选择——我以为。

但不久我发觉自己等他拨电话给我，原来我在等听他的声音，原来我爱他。

Sam说他的女友Chris非常漂亮但没有脑，与她上街十分威风，更视她为肉体伴侣，却视我为精神支柱，于是他时常来电找我。渐渐地，他说女友太肤浅，我这个精神伴侣便慢慢变成正选。

但其后，他开始抱怨：我长得不够美，我不够浪漫。我也开始觉得他幼稚。于是他说："我不能没有你，但你实在没法满足我对'美女'的要求。"

我没法忍受，离开了他，但我其实挂念着他。晚上Sam也打过电话来问候我的近况，然后彼此无言以对，但又舍不得收线，真痛苦。

爱一个人，是否可以不介意能否与他一起生活？我们形式上是分开了，但心仍连在一起，却又不能相对相聚，怎么办？

蔡先生，究竟什么是爱？

祝好！

阿舒　上

阿舒：

首先，要向你道歉，因为这封回信不能让你好过些。

我一向认为在女人面前说另一个女人坏话的男人，好不到哪里去。

再者，一个带着身材好的女人上街，认为已经很威风的男人，也好不到哪里去。

更加过火的是，他竟然敢厚着脸皮，向你说一方面要你陪伴，一方面又要找美女娃娃满足性要求，这不等于嫌你丑得交关[1]？

---

[1] 交关：粤语方言，离谱的意思。

你说你们分开了,但是心还连在一起,却又不能相对相聚,应该怎么办?

容易办!叫他去找身材好的做老婆,你做他的情人不就得了?或者反过来你是阿大,允许他去找一个狐狸精,也就功德圆满。当有性欲的时候和别人的女人在一起,苦闷的时候找你聊天开解,多么完美!什么叫爱情?无条件地奉献才叫爱情。你能做到吗?什么叫爱情?多丑的女人在他的眼中看来都是美的,这才叫爱情。他做得到吗?

天下男人多的是,偏偏找一个嫌你丑的男人交朋友?听了都笑死人。

祝好!

蔡澜　上

主动，才会有一半的成功率

蔡先生：

你好，小弟今年刚中五毕业。我有一些爱情上的疑难，希望蔡澜先生能为我解答。谢谢！

在我中四开学之后一个礼拜，班里转来了一位女生。当我第一眼看到她的时候，就被她吸引住了。因为她实在太漂亮了！自此，我就喜欢上了她，直到现在。真是傻瓜！

她是一个人缘极佳的女孩子，几乎每一处都有她的同学、朋友，而且成绩也很好，而我的成绩就……唉！虽然我们是同学，但是我同她很少交谈。因为我实在害怕！而且，我不知道和她说什么好。她一和我说话，我就很不自然，不知所措。

　　其实在班中，喜欢她的人不止我一个。我的老友对我说，她已经有了男朋友，而且是我们班的同学，只是他们两个都否认。

　　我的样子平凡得很，没有她的男朋友英俊。读书又没有他们两个那么好，我觉得自己根本没法和她男朋友比，没有资格做她的男友。但是我又很喜欢她，每晚都想起她。虽然我曾经想过主动找她，但又不知道和她说什么好。而且再过几个月我可能要去国外读书，到时连见面的机会都没有。我真的不知怎么办才好！

　　蔡澜先生，请你给我一些意见吧！谢谢你。

　　祝好！

一个无胆的人

一个无胆的人：

看到漂亮的女孩子，喜欢上她，一点儿也不傻瓜。如果你自己先认为自己是傻瓜，那么做什么都傻瓜。

要记得一点，不管自己的条件如何，我们都有权追别人。当然，人家也有权拒绝我们。一切是公平的。

样子平凡，没有别人英俊，书又没读好。这都不是问题。

世界上有一种叫"黐人"的技能：每时每刻都跟着她，对方要求的任何事，毫无条件地完成，做牛做马也要完成。

女人的生命总有寂寞的一刻，这时你便可以乘虚而入。

许多美丽的女人都嫁给丑丈夫，只因为他们能带来安全感。

在我认识的美丽女人之中，十个至少有五个是嫁给这种人。

所以说，付诸行动，就有一半的成功率；不行动，机会等于零。

你如果一直抱怨自己比不上别人，那只有眼巴巴地看着心爱的人跟人家走，多可怜！试试大胆地去追求，一次不成功再来一次。等到有一天，她说永远不想再见你，那时再死心好了。至少，你可以向自己有一个交代：我试过。

过几个月你就要去国外念书了，还不趁机会试试？到见面也不可能的时候，你更会恨自己的无能，一直后悔。这值得吗？

你没胆？我给你。我浑身是胆，分点儿给你毫不损失。

不过，话说回来，你这时候的恋爱只是一个开端，到了国外，遇到的女孩子更多，你会惊讶当时居然会为一个女孩子那么烦恼。但是，连目前这一个都没有胆量放手去追的话，再多一百个也是枉然。

祝好！

蔡澜

盲目 结婚，得失 自量

蔡澜先生：

本人今年二十三岁，性格属于乐天派。去年，我认识了一个大我三岁的男孩子，就称呼他为A君吧。一开始，我很不习惯，因为身边突然多了一个要照顾的人。虽然常听别人说，有男友是件快乐的事，但我始终未能体会这种滋味。不是他对我不好，相反是他太爱我了，有时甚至让我感到很难适应。

某年圣诞节，他一手拿着花，一手拿着戒指来到我面前，向我求婚。我做梦也想不到会这么快，不知如何是好，完全没有心理准备。我看见他那深情款款的眼神，更不知所措。他说："我实在太爱你了，此生此世你是属于我的，嫁给我。"哗！好肉麻！原本是冬天，但感受到掌心在不停出汗。我就对他说："我喜欢自己，多过喜欢你。"他听后很意外，眼睛似有泪光。我不知说什么好，更不懂说安慰话。他含泪对我说："难道你要放弃我？"此情此景，像是电视剧那些男主角抛弃女主角的说话。我叹了一声便对他说："你多给我些时间，让我想想大家是否适合在一起，好吗？"他无奈地答应了。自此之后，他再也没找我了。

我以为我已终结了这段感情，直到我生日那天，他竟出现在我面前，还是用上次的手法向我求婚。我以为他会死心，但想不到他竟然会信守诺言。他说："我已给你足够时间让你考虑了。"我又是好笑又是好气，欣然答应了他。

现时，我已成为他太太了。请蔡先生为我解答几个问题，好吗？

一、我是否太男性化呢？

二、我是否属于同性恋呢?

三、他为何如此顽固,一定要我嫁给他?他爱我吗?

四、我的错字是否很多?祝健康!

有缘人

有缘人:

当读到你已经是他的妻子时,我心中一沉。你怎么会那么莫名其妙地嫁给了他?

很显然,你答应他时,同情多过爱情。出发点已是错误。对一个自己喜欢的人,你绝对不会感觉到他的示爱是令人厌恶的。

回答你的问题:

一、你没有陈述自己的爱好，很难判断你是不是太男性化。从你来信的句子和笔迹来看，也没有男性化的痕迹。我想，你只是一个普通的女子，也许你的头发剪短了一点罢了。

二、你是不是同性恋，你自己应该知道。如果还没有和同性有亲密的举动，最多是有点倾向，不算严重。你不喜欢你现在的丈夫，并不表示你就是一个同性恋者。令人惋惜的是，你还没有遇上一个你真正爱的人。

三、他是很爱你的。爱一个人便苦苦地去追求，这不算是顽固，反而是正常。要你嫁给他，也是理所当然。

四、你的错字不多。你已经嫁了人。你是一个人太，没资格做一个任性的少女。你的责任是经营好一个家庭，不管你当初的决定是对的还是错的，你都要尽力地熬下去。

我不知道你为什么对你丈夫有意见，也许他有许多让你看不顺眼的地方，但感情是可以培养的。既然你来信的第一句就说，你是一个乐天派,那么便要以这个态度去处理你的婚姻。

我自己虽然有些"博爱"的毛病,但我对婚姻的看法是:要是离婚的话,显然是自己决定的错误。我对婚姻制度持保留态度,但我也不饶恕自己的错事。

祝好!

蔡澜

要和前任和好吗？
人性是不容易改的

蔡澜先生：

你好，我遇到一些感情上的问题，希望你能给我一些意见，谢谢。

我快三十岁了。在我十九岁那年，我认识了一位比我大一岁的女孩子，恋爱两年之后，我俩就结了婚。婚后三年，由于她在事业上有点成就，财源滚滚来，就和我提出离婚。由于我当时收入低，没她那么有本事，被迫接受离婚的要求。

离婚之后，我很伤心，另一方面我更加努力工作。同一时间，我认识了一位女朋友，她对我很好，我俩相爱几年，打算在近期结婚。一切都准备好了，但最近我的前妻又打电话给我，说很挂念我，希望我能原谅她，能与她复合。

我的朋友告诉我，我的前妻由于事业失败才回来找我。

到现在，我对她仍有一点爱意。不可否认，她曾是我深爱过的人，我真是有点心软。但我已经有了一位女朋友，这样对她是否不公平呢？

现在，我真的不知道应该怎样做，请你给我一些宝贵的意见。

祝好！

汉明

汉明：

我最讨厌的就是那些有了钱就翻脸的女人。

你这个前妻连人都不算，是畜生。

她又回来找你。很好呀，和她往来几次，然后一脚把她踹走。

绝对别上这家伙的当。她事业失败后才回来找你，是不是太迟了一点？你要是心软，等到她事业一旦好转，就轮到她把你"踹"了。

唉，一日夫妻百日恩。当然，你对她还是有点爱意啰。不过，这对你现在的女朋友绝对是不公平的。

你如果下不了狠心，那就赶紧和现在的女朋友结婚好了，让前妻绝望。还有，别忘记寄一张喜帖给她。

人性是不容易改的，这个前妻即便再求你，再说上几千次几万次

"我错了,我后悔了,请你原谅我"也没用。

或者,你会骂我一点同情心也没有。

有时给意见,反会被当事人责备。这都怪你多事,写信来问东问西。如果你不肯听我的话,何必多此一举?浪费我的时间,也浪费你自己的感情。

斩钉截铁地拒绝她吧。如果我是你的新女友,看你这犹豫不决的样子,才不会要你呢。

你今年已快三十岁了,不是小孩了,爱情和婚姻,难道都可以说来就来,说去就去?

想起她时,只想她的坏处就行,想她一有钱即刻做暴发户状,想她怎么样迫你离婚,想她冷言冷语地污辱你,说你是个穷光蛋、没出息。

她离开你之后,你以为她还会是个守贞操的烈女吗?不知道和多少个阿猫阿狗有染了,你想做三四五六七八手的旧情人吗?

或者你可以当面和她说:如果她有其他需要,每次付她三两块钱。这种人,收你十块钱已嫌贵了。房租要她自己给。

祝好!

记得,快点结婚吧,结婚就没那么多破事了。

蔡澜

有时候的爱,
真的只是 自我感动 而已

亲爱的蔡澜先生:

你好吗?

如果这件事发生在别人身上,我绝对不能相信,但它竟然发生在自己身上,令我终日闷闷不乐,夜夜难眠。

我是一个离了婚的女人,今年二十五岁。我与丈夫离婚三年,这期间从未交过男朋友。今年中秋,我回内地探望朋友,在"练歌房"

里结识了那里的老板,和他一见如故。自那次之后,我多次去找他,两个月间去了四五次。他看上去有三十多岁,正是我找对象的理想年龄,但最近发现他只有二十六岁,让我有点失望。由于他的思想和外表都异常成熟,因此我并不太介意。令我最震惊的是,他已有了老婆。有了老婆还对我体贴入微?我很生气,但仍然很喜欢他。

他结婚已一年多,有一个小孩。他声称不会抛妻弃子,但另方面又可以和我很要好。我并不介意他继续做他的好丈夫、好爸爸,只要他肯见见我就可以。不过,他很会玩把戏,常常以退为进,叫我不要想他,但又常常陪我。和他在一起很有安全感,好像什么都不用担心。

我想,难道我这个土生土长的香港人还比不上他的老婆?

如果他要和我玩的话,干脆做个"花花公子"吧!不要扮什么正人君子,说怎样负了我,怎样抱歉,怎样不会抛妻弃子,不想做罪人!他对我始终很好,甜言蜜语,把我玩在手中,任意愚弄。我又不能不想他。蔡澜先生,你是男人,我想你会很清楚他在想什么!怎样才可把他弄到手呢？他对我这样若即若离，我迟早会给他玩死的。希望你能明白我！再见！

祝好！

狐狸精

狐狸精小姐：

我是男人，我当然很清楚他想干什么，而且我会帮他，不会帮你。要做"狐狸精"还要人帮，羞不羞？"狐狸精"只会玩人，是不会给人家玩死的。你本身有什么条件呢？只是因为香港人的身份？别以为香港人就比内地人厉害，在他们的眼中，你不过是个无知的女人。

问题出在你自己身上。和丈夫分开三年没交男朋友，你一定很寂寞。以你的来信看来，你是送上门的。

你爱的这个男人是个好男人，至少他先和你讲明，他是有老婆孩子的,好过骗你骗到底。

和你要好,是他的权利。某些男人富余许多感情,可以同时爱几个女人。如果他摆出一个玩家的"衰样",那是属于下等的;他对你很诚恳,有什么不好呢?他甜言蜜语,不也正中你的下怀吗?

既然你已知道他有老婆孩子,还是很爱他,只要肯见见你就满足,那么就继续这样见吧,何必一定要拥有他呢?为什么要让这个可爱的人抛妻弃子呢?如果他真的这么做,和你结合之后,因为有了前车之鉴,他也会抛弃你呀。

虽说男人帮男人,但最终是"帮理不帮亲"。你的例子我很明白,可以给你的劝告是:你还是乖乖的,别做什么"狐狸精"。还有做他老婆干什么呢?二十四小时地服侍人,是一件多么令人疲倦的事啊!

祝好!

祭澜

当家人成为爱情路上的绊脚石

蔡澜先生：

我和男友Ricky已相恋五年，感情有增无减，但偶尔会为他妹妹的事而吵闹。他妹妹今年二十七岁，性格和行为举止却像十六七岁。由于她没有男朋友，因此每逢假日她都会做我们的"电灯泡"，使我非常不快。令我更不满的是，我和男友讲任何话，她都会转述给她母亲听。比如，我和男友去山顶庆祝情人节，花了一千多元吃晚饭，花费多了一点。他的妹妹听到后很快就告诉其母亲。这些事情都让我非常不满。我曾向男友抱怨，他只会说："有什么办法？可以抛下她一个人吗？"有时，我会想一些方法避开她，但并不是每次都能成功。先生，请你救救我们！

另外，男友时常问我，如果他跟其他一两个女生交往一下，但内心依然爱我，我是否会介意。如果我不准他这样做，怕他会说我"专制"，使他受束缚；如果我说不介意，又害怕他假戏真做。虽然他曾发誓，他一生只爱我一人。请问先生，我应如何答他这个问题！

祝好！

被救人

被救人：

哗！相恋五年，感情有增无减，恭喜你。这年头，算是很难得的事。

既然感情那么好，何必为他妹妹的事而烦恼呢？你要嫁的是他，不是他的妹妹，更不是他的妈妈。

任何情人的妹妹都有可能会吃醋，他的妈妈也会吃醋。自己的亲人被别的女子"抢"走了，心中总是酸溜溜的。

有一种很实用的态度，那就是把对方看成透明的。看她们的时候，她们的身体阻挡不住你的视线，只看到她们背后的东西。你越介意她们的存在，她们越来骚扰你。她们活在这地球的目的，就是来破坏你的。

你最好一直保持悠闲的态度，脸上是笑眯眯的表情，无论男友的妈妈怎么骂你，都送给她同样的表情。

这时，男友的母亲可能有以下三种反应：第一，这个女子是白痴；第二，她葫芦里面到底在卖什么药？第三，她一定在笑我们在欺负她，不过她有很大的度量，她是一个了不起的人。

至于那个二十七岁还没有男朋友的妹妹，一定是荷尔蒙失调！你要尽快给她介绍一个男人。

她有了谈话对象，自然不会再当你们的"电灯泡"了。

如果你想复仇，就等到她去约会时，你也跟着去，做她的"电灯泡"。

你不必避开她，越想避开，她越要跟来。冷静下来做出反击，每一次和你男友去逛街，先打个电话请她一起来。

男友的妹妹也可能有三种反应：第一，你对她那么好，有什么目的？第二，你善待她，她会感到惭愧；第三，你这个人有利用价值，每次都给她介绍新的男朋友，要好好地巴结你才对。

男友想认识多几个女生，就大方地让他去吧！接着你也提一个要求：自己也和别的男生约会。你同样答应他一直爱他，向天发誓说他是你唯一的男人。大家平等了，看他有什么话可说。

你说感情"有增无减",但是我觉得已经在减了,好自为之吧!

祝好!

蔡澜

爱 没 有 开 始 就 不 会 有 结 局

蔡澜先生：

你好，我今年已二十七岁了，有时觉得好像越活越退步。

毫无疑问，我属于那种"想得太多"的人。二十出头的时候，我认为婚姻是人生中的一个步骤，并且往往不是和真心相爱的人结婚。但经过一次失败的感情经历后（其实也不算失败，总之是分了手），我反而更希望能和相爱的人结婚，亦感到结婚不是儿戏。

真不好意思，总是在兜圈子，还未入正题。其实，我所疑惑的是，现实中究竟有没有爱情呢？曾经有一位朋友说过，若男朋友真心对你，你在他心中的位置是第一位，甚至比自己还重要。但我认为，每人都有一条底线，超过这条底线，最重要的就是自己。不同在于，每个人都有不同的底线。

我想问，怎样才能知道对方是否真心？朝夕相对？山盟海誓？经济支持？我明白没有确定的答案，但希望你站在男人的立场，给我一些意见。

还有，我很想知道，是不是所有男人都喜欢玩弄女人？我曾听说，男人有两种：玩女人身体的男人和玩女人感情的男人。究竟有没有对女人一心一意的呢？我现在觉得，即使与男朋友朝夕相对、山盟海誓也是没有意义的，重要的是心，但究竟有没有真心人？虽然这问题不易解答，但希望你能给我一些意见。

祝工作顺利！

May

May：

谢谢你对我的拥护，到了我这年纪，不讲些真话对不起自己。

人生总要分几个阶段。你对婚姻已开始认识，算是升华了一级。"想得太多"没坏处呀！我也属于"想得太多"的人，和你一样。

二十七岁不算大。爱情的烦恼我也有，我父母亲也有。

现实生活中当然有爱，不过较为短暂，不像小说、电影中的山盟海誓、永垂不朽。爱情来时像一团火，轰轰烈烈。起初是个小爆炸，以为已经是了不起；后来来个"原子弹"，哗！那才是惊天动地。及至年纪越来越大，也许是一阵燎原的烈火，或者是烧至枯干的树叶，也有火花，但感觉不一样了。

在那种像原子弹的爱情阶段，是没有底线的。发疯似的爱，抛开朋友、亲人，甚至父母和自己的性命，哪会有什么底线？

有底线的爱情，是不成熟的。你还没有经历过舍命的爱，所以你认为有底线。要知道对方是否真心？出发点已经不对。最重要的是自己是否死心塌地去爱对方。如果答案是肯定的，那便不会有猜疑。凡是有一点点戒心的感情，已不是那种轰轰烈烈的爱。

不。不是所有男人都喜欢玩弄女人。有些男人连自己都搞不明白，哪会有心情去玩弄别人？

即使说男人欺骗女人的身体或感情，在开始的时候也是没错的。因为他们也不知道结果如何，尝试一下，有何不可？女人也有同样的条件，别老是说"玩"那么难听。

在相爱的过程中，难免有欺骗或伤害，也可能在互相残杀之余产生更深的情感。总之，没有开始就不会有结局。

究竟有没有人可以专一？当然有！问题在于"专一"的时间长一点或短一点。我们的要求不能太多。有，好过没有。

你的问题相当抽象,我已尽力脚踏实地地回复,但重读自己所写的,也觉得很抽象,对不起。

祝好!

蔡澜

迷恋一个人，
是心理不成熟的表现

蔡澜：

我实在忍不住心里的冲动，想要给你写信。你就像我的老友，我喜欢你的幽默及独特的见解。

初认识你时，是在《今夜不设防》节目里。那是一个有趣的节目：你的谈话内容使节目丰富；唯独不喜欢黄霑，他是一个虚伪的人（这个世界，谁不虚伪呢）。啊，那并不是罪过，只是别把我们当成傻瓜，虚伪也分很多层次呢！

从去年开始读你的书，一本又一本，现在差不多读完了，颇有失落感。

你的散文、游记我都喜欢看，读了至少两遍。我喜欢你的文笔，我想你是一个有幽默感的人。我钦佩你看事情有自己的独特见解。你以开怀的态度面对人生，这是会感染你的读者的，你知道吗？每次读你的书，也令我自己宽心呢！

蔡澜，我对你有一种特别的感觉，感觉跟你很熟悉，这是神交吗？你是否有很多像我这样的读者呢？

我一直是"亦舒迷"，但为何从没有这种感觉呢？我觉得我们的思想可以倾谈，我甚至觉得爱上你了呢！你不会当我疯了吧。蔡澜，请把时间多用在散文、游记上，这是你的优点。你见识广博、风趣优雅，都在文章上表露了出来，就像与老友谈天说地，畅谈一番。你的内容美化了你的外貌，我甚至觉得你潇洒俊朗、玉树临风。你是一个博学多才、思想独特又我行我素的人。

无论如何，我只想让你知道，你有一个非常爱你的读者。

这种爱包含很多的，例如崇拜、思想接近等。或可以说，我觉得你就是我。

祝好！

你的读者明儿

明儿：

谢谢你的来信，以及那份我负担不了的感情。

首先，黄霑不是一个虚伪的人。如果他是，那你我还不是都有一点吗？黄霑有多方面的才能，不可以用一种"自己不喜欢"来衡量他。他在作词作曲上的贡献，是绝对不应被抹杀的。

我的文字，如果能感染你的话，那么你也应该形成一种对人对事较为豁达的态度。

迷恋一个人，崇拜一个人，都是心理还不成熟的表现。这与年龄和经历有关，我也曾经历过这个阶段。

以前，香港有一位叫十三妹的作家，她在专栏里曾讨论过这个话题，还写了一篇《由崇拜到欣赏》的文章。

文中提到，"崇拜"是因为见识少、朋友不多而产生。渐渐地，了解了生活，"崇拜"这种感情便消失。但这不等于不再爱对方，而是从那份"痴"中抽身出来，变成一个旁观者，站在远处，继续爱戴、佩服、欣赏这个人。

我很赞同十三妹的看法，但我有更高的要求。我要求欣赏之余，还要互相影响。

如果你认为在某些地方我和你很像，那你何不学学我，尝试着写作？

别说"我哪里会写"这种废话。

会说话，便会写作。

写作，并非一件伟大的事，只是把自己的思想记录下来罢了。熟能生巧，我刚拿起笔的时候，写出来的东西也是糟糕到极点。

读你的来信，文字运用得不差，中文有基础。你会写信，已是写作的一个表现。多读书，多参考别人的写作技巧，自己一定会慢慢进步。

写作不分贵贱，什么题目都可以大作文章，无所谓浪费不浪费的。

如果你试都不肯去试，那才是浪费。浪费了自己所花的时间，浪费了我告诉你的这一番话。

祝好！

蔡澜

脱单的机会就是勇于尝试

蔡澜先生你好：

本人是您的忠实读者，我很欣赏你的才华和见解。

快将四十岁的我，至今时今日还没结婚，连男朋友都未有。自问下是丑，三十多岁时还有追求者，不过追求我的男人，我没一个看得上眼，我看得上眼的又借助别人口来探口风。我恨这些人，明明喜欢又不敢追，男追女是理所当然的，所以我一个个拒绝了。到了今天，我很想有一个自己的男友，是否"苏州过后无艇塔"？如果有男仔又借助别人的口来追求我，我应不应该放开这份执着去接受对方呢？我是不是很傻？

还有一事，我患有鼻窦炎四年，我看过好几个医生，都无法医好，听一些医生讲，鼻窦炎是无法根治的，是不是真的？如可根治，我求你帮忙，介绍些药方给我，感激万分，以上问题请你为我解答，多谢。

祝，身体健康！

心急人CC　上

心急人CC：

快四十还嫁不出去的人，这个世界上愈来愈多，你以为这是你的特权？

尤其是有兵役制度的国家，男子当了两三年兵的时候，女子不断地进步，学业、事业上的经验都比男方强，这一来就看不上对方，觉得身边的男孩子都是傻瓜，理想的对象又个个有老婆，像你的例子便出现了。并不是自己长得好不好看的问题，是头脑发不发涨的问题，只有降低水准一条路才好解决。

男人和女人有别，前者有时用身体来思考。女的就不同，她们一定要有所谓的"感觉"，而这种情感，得来不易。

不谈肉欲，有的女子连拍拖也没机会，是因为连接触也不去接触，这又能怪谁？

这个通过第三者追求你的男人，你觉得他没"种"，把他放弃了，多么可惜！当你有大把选择的时候才够条件，很想嫁人，管他有没有种，嫁出去了再说。

给人家一个机会，说起来好听。事实上，你应该给自己一个机会。这个害羞的男人个性懦弱，也许那是天生如此。他父母给了他这个遗传基因，错不是错在他身上。先接触、了解，才做出判断好了，发现对方是一个同性恋者，到那时候才放弃也不迟。胆小的男人好管，是理想的对象。

能吸引大量男子的方法，也许已经到了用你的身体的时候，多点与男人来往，在其中挑选一个嫁掉，就不必空怨恨了。

回答你的问题：是的，你很傻，放弃这份执着，由这个通过第三者的男人开始，再结交多几个人吧。

鼻窦炎这种病我不是专家，其实任何病我都不是专家，不能回答，你去问问一个叫区某民的吧。给你一点消息，此君亦未娶。

我能医的，是心病。充满希望和把人生乐观化，能医绝症。至少，已经奋斗过，去了也甘心。

祝好！

蔡澜　上

忘不掉 前任？
找个 爱好 替代 Ta

蔡澜先生：

你好！希望你能替我解决烦恼！

与男朋友分手已有几个月，当时没有大哭大叫，只是因为太意外，其实难受极了。分手原因连自己都不知道。拍拖时他甚少找我，就算在一些节日里，也是他有他的去处，我有我的节目。到后来，发觉不可以长此下去，所以约他出来说清楚，岂料我未说，他却先提出分手（他在call台留下分手的口讯），连与他见面的机会都没有，便就此散了。

　　我没有挽救这段感情，因为我知道他不再爱我，否则他不会这样对我。在朋友面前，我可以暂时忘记他，开怀大笑，好像很洒脱，但其实我并不太成功，亦放不下这段感情。每当夜深人静时，我便想起他，想起以往与他一起的片段，禁不住哭起来。每次路经以往与他行过的路，便会想起以前的片段。老实说，我好害怕在街上碰见他或是见到他牵着其他女孩，我怕我不懂得如何面对。我想问你，我应该怎么办？怎样才可以忘记他？

Rachel　上

Rachel：

　　爱一个人，但他不睬你；你要忘记，但是忘不了。

　　忘不了，是因为没有遇到一个能让你忘记上一个人的人。

天下间多少山盟海誓的爱情，都遭遇到失败的结果。这些男女都去跳海了吗？不，不，他们都活生生地生存下去，他们都会遇到一个归宿，让他们度过有生余年。虽然，他们未必忘记以前的伟大爱恋。

说得那么伟大，其实应该为情牺牲，做和尚去，做尼姑去，幸好大家都是说说罢了，要不然这里充满尼姑、和尚。

我们生活在一个物质社会里，有了钱，身边的朋友一定很多，到各地去旅行，也不成问题，有那么多美好的地方可游，哪会碰上旧男友和他的新女友呢？

你要忘记很容易，拼命地去追求金钱好了。赚到之后，做一个购物狂，比拍拖更习惯。

也许，你不是那么一个俗人。好，不要钱，也可以享受。

你可以学习插花、陶艺、书法，这些艺术都能消磨你很多时间，你不会再感到寂寞。

如果你没有艺术细胞，那么学烧菜好了，煮一手好菜，男人尝了非娶你不可，到时你要多少男人就有多少。

什么都不会，也不要紧。懂得温柔，总会吧？

女人一温柔，男人见了都融化，我看你最好是去当护士。

做护士总找得到老公的，因为很多独身的男病人，在他精神最脆弱的时候，身边一个人，不管美丑，只要对他好，他恢复健康之后，一定要她做老婆。

要忘记一个男人，是最容易的事，身边的阿猫阿狗，随便爱一个，就可以忘记他。忘不了，是因为不想忘。你不想忘，神仙也救不了你。

祝好！

蔡澜　上

用适当的手段来维护自己的权益

蔡Sir：

你好，奉承的话不多说了。我有一件令我烦恼的事情，希望得到你的意见，谢谢。

我很快便到二十一岁了。我在十九岁那年结了婚，但不到一年，我俩就分道扬镳。分开的原因是：他经常打我、骂我，差不多每天都有。虽然我认识他的时候已经知道他有这个倾向，但我还是希望能够给他一个机会。可惜，他每次机会都没有珍惜，令我很失望。

分开的期间他也有向我道歉,并且说很后悔。我不太放心,于是雇用私家侦探查他的行踪。虽然这种行为不是太好,但我想知道他是否真的改过了。可惜,却让我查到一些出乎意料的事情:他竟然与一个比他大二十五岁的女人勾搭上。这个女人很早就失去丈夫(交通意外死亡),家境殷实。他们搭上已三个多月了。当我知道此事时有两个反应:一、很不开心;二、我可以完完全全放弃这个人了。

但直到现在,我仍会不时想起他。到明年的一月,我便可以正式跟他办理离婚手续。有时我会想,我曾经为他付出那么多,为何今时今日会是这样?我是不会后悔的,而且我也不会怪他或恨他,不知我这样做对不对?请给我一些意见。

祝好!

李敏

李敏：

你虽然只有二十一岁，但属于成熟且冷静的女人。

你十九岁的时候嫁错了人，决定和他离婚，当机立断。

骂女人、打女人的男人好不到哪里去。动手欺负比他更弱小的人，已然丧失了做人的资格。

和你分开的时候，他还常来道歉，这种所谓的后悔行为，主要是出自性欲。很多男人一开始决定永远不见一个女人，但等到兴起，还是要找回所有"有可能发生性行为的异性"作为发泄对象。这时，他们什么龟孙状都会扮得出，何况是一两句道歉的话。

你请私家侦探跟踪你丈夫，并不算太过分，是他不对嘛。奇怪的是，这个私家侦探居然帮你打听得一清二楚。我还一直以为，私家侦探大多是混饭吃的。有机会的话，你应该把他介绍给有需要的人。

男人搭上比他们大二十五岁的女人并不算奇。你丈夫的例子，还有理由说看上了对方的钱。我还听说过有些男人并不是为钱，他们就是喜欢比他们大很多岁的女人。

你知道真相后很不开心，这是很自然的反应。一日夫妻百日恩嘛，老人家都说过。

完全放弃这个人吧，这是明智的决定。你觉得曾经为他付出那么多，收获此般结果心有不甘。唉，当然不甘，不过还是认命吧。比起你在七老八十的时候再和他分开，你现在付出的只是一个很小的代价。

不怪他、不恨他的做法最对。当对方是透明的，没有一种复仇比这还要痛快。

你今年还不到二十一岁，有大把时间去结交另一个男朋友。但是，这一次可要小心，别再重复这样的错误。他打你，坏的是他，但当初你没有看清楚他的本质就嫁给他，是你处世经验太少，故不能说你自己一点责任也没有。有些女人会因为一次的婚姻失败而导致对婚姻的恐惧，这是对自己没有信心的表现。希望你不会。

祝好！

蔡澜

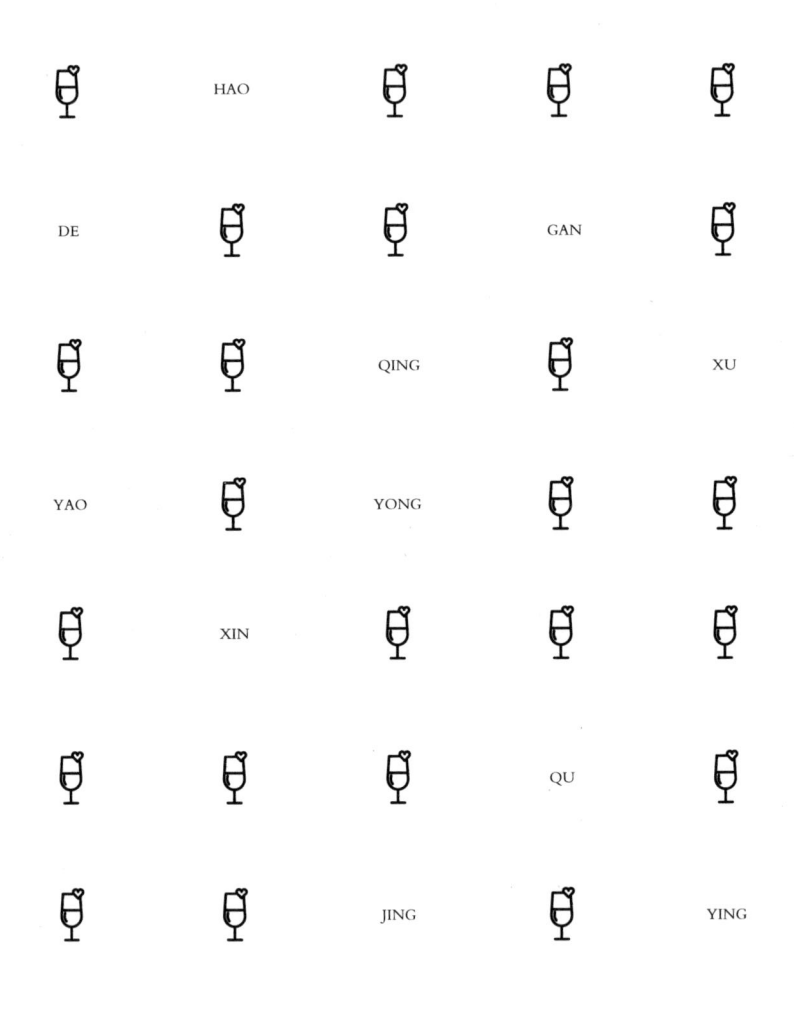

🍷 HAO	🍷	🍷	🍷
DE	🍷	🍷	GAN	🍷
🍷	🍷	QING	🍷	XU
YAO	🍷	YONG	🍷	🍷
🍷	XIN	🍷	🍷	🍷
🍷	🍷	🍷	QU	🍷
🍷	🍷	JING	🍷	YING

辑二

好的感情需要
用心去经营

多走走 才发现，
所谓"唯一"并无独特性

敬爱的蔡澜先生：

你好吗？

其实困扰我多年的问题很简单也很老套，但这些年来一直把我搞得烦恼不堪，从未写信去寄到感情问题的信箱，因为对主持人没有信心，但你一直是我钟爱的作家之一，如果由你开解我就好得多了。

我与我先生拍拖拍了三年之际，我认识了一个做武师的男朋友，之后便开始想与我先生分手，但半年后我知悉那个武师已是有妇之夫，我就好伤心，决定和我先生结婚，但婚后并不愉快，因常有比较，始终都是武师懂得哄我开心，而且自己也常常在等他，希望有一天他肯离婚，与我一起。

但，最近一次在街上遇上他和他的太太，两人仍像很好的样子，我想我的希望没有了，但他始终是我最喜欢的男人，没有任何人比得上他，如果不能和他一起，和谁一起又有什么关系？我本想时间可以冲淡一切，但并没有，结婚六年后的今日，仍然想他，特别知道他和太太仍然在一起，更加感到痛心。如何可以不再想他呢？

深切等待你的回复！

雯　上

雯：

烦恼的起因，往往只是一个人以本身的立场看事情。处身于别人,也就会比较立体,困扰也比较容易解决。

好。现在我们来一个"罗生门"版本吧。

先由武师朋友的角度看起:认识了一个女子,想和她做朋友,但是又怕她知道自己已经结婚而不来往,便骗这个女孩子没有老婆。

半年之后,给她发现了已婚,她伤心之余,嫁给另外一个男人。

松一口气,不然老来纠缠不清怎么办?这个女人不是拿得起放得下的人,她是一个玩过之后便要上身的女子,非常可怕。

始终,最初骗过她,总是有点后悔的。

丈夫的立场:认识一个女孩子三年了,她一直不看好我,但是忽然一天莫名其妙地说结婚就结婚,真奇怪。

结婚六年来,她没有开心过,我知道她爱的是另外一个人,但是六年加三年拍拖，总有点感情吧。

我是无辜的。难道她不能在我身上发现一点点的好处吗？她要人同情，谁来同情我？

现在轮到你了。

我和武师朋友交往，很开心，并非完全是因为爱上他的IQ吧？

如果你要寻找肉体的喜悦，那么相信世界上比他强的人很多。

既然人家已有老婆，何必去烦他呢？要是精神上的爱的话，那么更应该为他牺牲，让他幸福，别再吵人家了。

要是时间不能冲淡一切的话，和现在的丈夫愈早分手愈好，免他一世不幸，离开后，你再去找别的男人好了。

但是要记得的是：一和男人交往便死都要嫁他的话，那么你没有资格谈恋爱。

做人做得潇洒一点吧。有机会到外地去旅行,多走,多看地方,多认识人,你便会发觉从前的武师,并非唯一的武师了。

因为你讲过喜欢看我写的东西,得到你的信任,我不得不把话讲得坦白、真心,希望你能接受。

祝好!

蔡澜　上

所谓的爱情，是烦恼，也是福气

蔡先生：

最近我与一位已认识了很久的异性朋友再度通信。以前我出于某些原因曾与他断绝来往，直至两个星期前，我无缘无故地突然想起了他，天天想他，后来我鼓起了最大的勇气，再与他来往。不知是否心灵感应，他说最近几个月亦常翻阅过往我给他的信。

等待他别后第一次回信时，我夜夜失眠做噩梦，怕他不想再与我来往。当我盼到他的信时，又兴奋得彻夜难眠，我怕长此下去，我的身体会支撑不住，因为我自小就体弱多病。

可是人总会变的，他变了，我也变了，虽然变得不多，但我觉得与他像有一层隔膜，忽隐忽现、若即若离。我与他似近非近、似远非远。从我俩认识那天起，我便爱上了他，之后我曾恨过他，亦忘记过他，怎料天意弄人，让我再次记起他，这可能就是缘分吧。现在我只知道，我仍爱他，深深地爱着他。

我不知道他对我的感觉是怎样的，蔡先生，你能告诉我如何才知我在他心中的地位是怎样的？他会爱我吗？怎样才能促进这段友情，将它变为爱情呢？恳请蔡先生你能详细为我解答。

祝好！

忠实读者云月　敬上

云月：

很羡慕你。沐浴在爱河中的少男少女，总是那么美丽。

情书的往来，现在已不流行，打个电话算了。你们还能依传统交流，已经是非常非常难得。

写情书的快乐不在于写，而是在于等待对方的回信。你那兴奋得彻夜难眠的心情我能了解。不过，相信我，别担心身体会支持不了，这种兴奋只有几回，一多了便麻木。年轻人挨几个通宵，不会死人。

读对方来信，一定看了又看，重复多次。再过几十年，当你回想起，请记得我的话，是非常之可爱又很愚蠢的。

所谓的爱情，正如你所说，忽隐忽现、若即若离；似近非近、似远非远。有折磨就有快乐。是痛苦，也是享受。别再烦恼，当它是福气。究竟，在人一生之中，你会发现，像这一段感情，是不会一而再地发生，人会长大，一长大，什么都看得淡，就像我现在一样，但是我将拥有另一个层次的享受。这种享受，要到某种年龄才懂，现在说给你听，你也不会明白。

至于你男友对你的感情是怎样的，也很容易体会。他当然也很喜欢你，不然怎么会那么厚着脸皮告诉你把你的来信反复翻阅？

如何促进这段情？当然不能只靠书信。多约见面好了，有什么想问的就坦白问，问清楚心情更加舒服、更加甜蜜。至于对方如果没有意思，也可以死了这条心呀。

谈天、牵手，其他行为接着就来。等待回信固然刺激；等待接吻、抚摸，唉，那比读情书不知好几万倍呢！

少女总会面临不知对方是否爱自己的疑问，愈想愈解不开。还是西洋人聪明，他们发明了一种方法，就是拿一朵白色菊花，把它的花瓣一瓣一瓣地撕掉。第一瓣说：他爱我。第二瓣说：他不爱我。以此类推。到最后一瓣，定是他爱我的，因为即使有剩否定的一瓣，你也会认为自己算错，再弄一朵花撕之。

祝好！

蔡澜　上

备胎们，对待感情反反复复的人，不值得爱

蔡澜先生：

你好，老实说，我快崩溃了，求你尽快回信。

四个月前，我发觉自己爱上了他，并写信给他做出表示，但他无回信。信一直继续写，并和他有电话来往。两个月后，他和她拍拖，两人十分亲近，但她知道我喜欢他后，她不快。又过一个月，她对友人说想离开他，被他知道了，他失落，常来看望我（以前也有，但停留不久），并主动打电话与我聊天（以前是我打去给他的）；他问我

若有对象，会不会拍拖？我答不知道。后来他说后悔选她不选我，但可惜已选了她，并爱上她，他又说我什么都比她好。（脾气，样子，态度，性格……）

但不久，他们和好如初，他没有再打电话给我，也少来看望我。其后他们又闹翻了，并要向我展开攻势。

我究竟应怎样？我愈来愈发觉我不应再爱了，但现在快得到他，我应怎么办？求你告诉我。

谢谢！祝工作愉快！

絮宁　字

絮宁：

我们一生之中，已有很多次"快要崩溃"的事发生过。

考试之前没把书读好,把家中重要的东西弄坏,欺骗了兄弟和父母,怕他们知道等,都是"快要崩溃"。

但是,我们却活得好好的,没发神经病呀!现在看起来,当时的"快要崩溃",真是好笑。

所以,不如把"好笑"预支,先笑笑,才去应付那些"快要崩溃"的感觉吧!

依你的来信,更不必"快要崩溃"那么厉害,你不过是一个"备胎",人家有别人不需要你,到了没有才找你玩,你紧张些什么呢?何必把自己降到那么没有用的地步呢?

你能主动地写信向对方示爱,这表示你是一个勇敢的人,你应该有自信才对。

虽然他没有回信,但继续和你通电话,你绝对有希望得到他。

问题是,对一个三番五次、反反复复的男人,是否值得去爱?

他们和好就不要你,一吵架便找你谈情说爱,这种男人,要不得。

但是如果我是你,也会犹豫不决,愈来愈发觉不应再爱,又快得到他,怎么办?

好办,我有好方法。

第一,先告诉他你刚刚认识了另外一个男朋友,而且感情发展得快得不得了。

如果他知道你已有新欢,还是想见面,那就顺其自然地和他见面好了,但要把他当成"备胎"。

要是他知难而退,那表示他对你的感情非常之浅薄,你也不必后悔。

等到和他互相交往，有好结果时，直接告诉他其实只爱他一个人。

他骂你骗他时，你可以说这是那个叫蔡澜的坏蛋想出来的馊主意，不是你的错，把一切推在我身上，我代你担当。

如果他还是表现得可有可无的话，你也应该用可有可无的态度去对付他，这一"以其人之道还治其人之身"的绝招，永远用得着，永远不会失败。

祝好！

蔡澜　上

疯狂假设情节，
不如付出行动去证明

蔡澜先生：

你好吗？还认得我吗？我是絮宁，是被你喻为备胎的女孩子，我的精神快崩溃了。不错，我的确是一个女孩子，不太懂"感情"二字。

今次写信给你，好像没什么，但也希望你能回答我。

我并没有依你教我的方法照做，因为我知道他不会理我（即使真的喜欢我）。但我们也在一起了。不过，他不主动，他也不曾揽过我的肩膀，不曾牵过我的手，根本不像在拍拖（可是我知道他为人不是这样的，从他和她以前的行为也能看出）。

他是否真的喜欢我？

这一阵子，曾听说他旧情复燃，但我的好友（他的契妹）说他没有。我应相信谁？

他本是很花的，但我偏爱上他，但又不甘舍他而去，毕竟，我现在是得到了。我应怎么办？

祝工作愉快！

絮宁　上

絮宁：

我很好，谢谢。我当然记得你。

回答你的来信,是因为怕你真的会精神崩溃。但是你要找的并不是我,应该去看心理学家或者到疯人院去。

如果你认为写信给我,好像没什么用,就不必花时间动笔。

一方面,你又喊着快疯了,的确,你有严重的精神分裂症。

劝告你的,你又不听,那么不是等于白做了功夫?这是最后一次回你的信,今后有什么三长两短,请君自理。

你和男友已在一起,心中又想他不会理你(即使他真的喜欢你),这是什么话?前后矛盾得厉害,又是近于疯狂的例子。

和他在一起,他牵你的手、揽你的肩膀你也担心,不牵你的手、不揽你的肩膀,你也担心。你到底要他做什么?你没把你弄疯,也把我弄疯了。

你问我他是否真的喜欢你,怎么回答?什么才叫喜欢?依你的定义,是不是牵手揽肩膀才算?如果答案是肯定,那么为了爱他,你就为他献身吧!

他旧情复燃,是你所说的;不是旧情复燃,也是你所说的。单单靠听说是没有用的,自己去证实一下吧!

怎么证实?他去到哪里你跟到哪里,不就行吗?如果自己做狗仔队太辛苦,也可以用钱请个私家侦探。旺角一带,常见此类广告,你上门求助好了,找个真相,得个心安。

你说你偏偏爱上他,到底是不是真的?爱是什么?爱是无条件地奉献,如果是真的感情,即使他花心就让他花心好了。你现在已经得到,虽然只是暂时,但已经得到,比没有得到好得多了。

你应该怎么办?得到又不是,得不到又不是,别说我工作愉快,因为我听了你的话之后什么事都不愉快。

蔡澜　上

真爱是盲目的，
也是最容易消耗的

蔡澜先生：

你好，我的问题实在太复杂了，不知应从何说起。

我时常想究竟什么是真爱？真爱是自私的抑或是无私的？经常见到一些新闻，内容大致上是男女分手，男的自杀，原因是男主角不能接受女主角不再爱自己的事实；或是男的以为自己太爱女方，没有了女方便活不成；又或是男的以为可以用死来证明自己的爱，以为这是为爱而牺牲，但是我认为他们全都错了，他们都是自私的。如果他们真的爱女方,为什么不考虑女方的心理负担?女方可能会一生一世背负着曾拖累死人的罪名。

我认为因爱对方而不爱对方才是真爱,是不是很玄?

具体地说,其实背后有两种假设。一、女方一点也不爱男方;二、男方不能令女方幸福。我本来已有一个心仪的对象,但是基于以上第一及第二两个原因,我尽量尝试不再爱她,但我体内的DNA却不容许我这样做,你可能会叫我另找一个对象,但是,如果我不爱新的而找新的对象利用她来作为一种解脱,岂不是累人累己?我真的不欲占有一个我爱的人,就算她亦爱我,我只想我爱的人能够幸福快乐。

以前我以为自己连生死都可以置之度外(即是看化世情),什么都可以提得起放得下,但自从我见到她的一刻,心快要从胸膛跳出来的一刻,我才知道原来世上有一种东西,爱,是看不透的,或许真的如某人所说一样:"如果你已看破红尘,什么都看化了,你根本不应该在这个世界上生存着!"

现在我想请教阁下，我应否继续享受这种所谓真爱？如果不应可怎么解决？

乌托邦的失眠人　上

乌托邦的失眠人：

真爱是不能解释的，唯有感觉到。一接触便不可收拾，能抛弃一切，甚至父母兄弟姐妹，只为了一个对方，什么事都做得出。

真爱是盲目的，也是很容易消耗的。爱的力量，一次比一次减少，直到你已不能再有这种感情。这时候，你不会痛苦，但也不会再有真爱了。

当然，真爱是自私的。不顾一切地去爱，不自私是什么？你说得对，男女自杀，以死来表现真正爱对方的行为，都是自私的、愚蠢的、增加别人麻烦的。

人家为我们死，我们不能同情他们。要是为此背上这个拖累死人的罪名，那么这个人也是自私的、愚蠢的。他/她们和自杀的人一样，是找痛苦来自受。因为对这件事，他/她们根本不必负上任何责任。

我明白你说的因爱对方而不爱对方的道理，说起来也不是很玄。

你既然对心仪的对象不能忘怀，那就不要忘怀吧！不交新女友，也是你自己的问题，没有人能影响到你。

请你尽管去享受这种你所谓的真爱吧！说你永远不能忘怀，那是骗人的。当时间冲淡了一切，你会再次地心快要从胸膛跳出来。我只能够担保你有第二次。至于第三次，那就会变成你什么都感觉不到。

你的问题没法子解决，因为你所谓的真爱，爱得不够强烈，不然你怎么会说出"真的不欲占有"的话？

爱就是占有。得不到，才想别的。一开始就不想占有，那么爱和不爱又有什么分别？我劝你至少坦白地向她表明，要是她拒绝了，才去忍耐,才去流泪,才去折磨自己,才去失眠吧!

祝好!

蔡澜　上

留不住 的 感情
不如 趁机放手

蔡澜先生：

你好，客气的话不多讲了，我有些爱情上的问题想请教你。

因为我的家人很喜欢喝茶，所以我每天也要陪他们到楼下的酒楼喝茶。大约在半年前，我在那里认识了一个服务生。我发觉自己每天都想见到他，若果有一天不能见到他，就会很失望。我知道从那时起我已经爱上他了。

我们渐渐变得熟络，更经常一起行街、看电影、吃饭。不过，他常常做些事情令我误会，例如，用手搭着我的肩膀；吃雪糕时，你一口，我一口，但是每次他也说："我们是好朋友，当然有福同享啦！"

有一次，他约我上街，就好像平时一样，但是这次给了我一个很大的惊喜，因他在乘电梯的时候，在我的脸上吻了一下，这也是我的初吻。回家后，我忍不住致电问他："你喜不喜欢我？"他没有回答就cut了线。这之后，我们有两星期也没有联络。在这两星期里，我一直很挂念他，直至有一日，他告诉我他要去美国读书。他问我："你想不想我去？"我回答说："迟些再回答你。"我真是不知怎么做才好，如果我留他，可能会阻碍了他的前途；如果不留他，我就会……不知怎样才好了。

问题：

一、他是不是喜欢我？

二、我应不应留住他？

三、如果留他在香港又会怎样？

希望你能帮我解决！（万分感激）

Regina 上

Regina：

一个少女爱上一个酒楼服务生的故事。

并不是太感动人，除了你们两人之外。

你的父母知道了，一定会叫你早点离开他。事情很简单，你还是一个无知少女，跟一个酒楼服务生，月薪最多六七千元，能有什么结果？他能养活你吗？

我倒是这样看的,初恋总会发生,你碰上的是他,这是命运的安排。一个酒楼服务生,总比一个流氓地痞好得多。

你的朋友很有志气,还要到外国去读书,将来也许成为李嘉诚一样的富豪,不能看轻他。

把手搭在你肩膀上,我们看来的确不是一个很大方的动作,但时下年轻人,做比这更不堪入目的动作,大有其人。

吃雪糕时你一口,他一口,这是亲切的表现,没有什么大不了。

在电梯中情不自禁,吻了你一下,总比马上脱你衣服要纯情得多。

这还不是示意喜欢你,是什么?

到最后,他觉得他得向你有个交代,便约你出来,对你说他要离开香港,也是一个正常人应该做的事。

回答你的问题：

一、他是喜欢你的。喜欢为止，谈不上爱。

二、你留他，凭什么？你养他吗？

三、他在香港，会恨你一辈子的。

每一个人的初恋，都有结束的一天，你也不例外，让它早日结束吧！

祝好！

蔡澜　上

做个 为爱 而 勇敢的 人，
不必在乎 那些 闲言碎语

蔡澜先生：

十个月前，在一个偶然的机会下认识了一位男士，被他的笑容及美妙的声音吸引着，对他一见钟情，但始终不敢对他表示。

直至新年，我鼓起勇气写了一封信给他，表白爱意，但他回信说："不能接受你的关心。"三个月后，我参加某个课程，见到他的三位同事，他们常望着我小声讲大声笑，更不断提起那位某君，其中一个女同事所说的每句话都含有嘲笑我的意思，当时我很气愤，之后几天也没有上课。蔡先生，我写信给他是否很蠢？

写信给男孩子是否没有女性尊严？他把我的信件给别人看，人格是否太差？

但我很想继续进修这课程，却没勇气面对这三人的冷嘲热讽，我应否继续上课？

乐敏　上

乐敏：

你写信给心爱的人，向他示爱，这是积极的行为，证明你做人够胆，万事亲自争取，是一位很难得的女性。

现在妇权运动还在如火如荼地进行，但是说到实践，却很难找到一个像你那么敢作敢为的女性。

首先，你要了解，你有权向人示爱，但对方也权拒绝你的示爱。

这个人回信说："不能接受你的关心。"并不代表你有什么外貌或内心的缺点。缘分这件事是存在的，时间、地点，也须配合得好，一个人才会爱上另一个人，一切不能解释。爱就爱，不爱就不爱。

对方有权拒绝你的要求，他还有权把你的话告诉别人，这是你豁出去的赌注。豁了出去，就不必怕人家在你背后闲言闲语。

不过，这个男人这么做，是不够风度，不值得你去爱的。好在他一早就暴露了他的缺点，要是把整个身子交给了他，才不好受呢！

至于参加课程所遇到的那三个人，他们也有权嘲笑你。反正要嘲笑的话，不笑你这个，就笑你那个。你当他们是透明的，不就行吗？你愈难过，就愈让他们达到目的。

避开他们也好。同样的课程，不止一个，你何必死都要去上课？

再回答你的问题，已是重复。

一、你写信给他，绝对不蠢。写了，他拒绝了，总可以了结一桩心事。不写，不求证，一生总觉得有件憾事未了，那才是不值得的。

二、女性写信给男性和男性写信给女性，完全一样，怎么会只有男人写给女人，而没有女人写给男人的道理？

什么叫尊严？爱上一个人，哪有自尊？哪有威严可言？

三、他的人格的确太差，算了吧！世上有大把男子，依你进取的个性，一定会遇到一个比他更好的。

四、不必再上这个课程。

祝好！

蔡澜　上

积极争取爱情的人
好于被动等待

蔡澜先生：

让我自我介绍，我是一个性格古怪的人，喜欢把每一件事都藏于心底，不让人知道，无论如何不开心，都只会在人面前强颜欢笑。我曾经有一位男朋友阿明，不过拍拖一年后，他没有和我说分手，便恋上我一位新认识的朋友，令我大受打击。

两年前，我结识了一位新男朋友阿文。和他相处近一年，他十分爱护我。最近我为了替学校搞一个庆祝会而日夜忙碌，只靠电话与他联络。在这期间,他移情别恋,和我的朋友阿蓉相恋,亦从此没陪我一起放学。再见面时,他说自己不能够"回头",并让我给他一点时间,因为他仍然爱我!

但在一个月后,他对我的态度依然是不理不睬,于是我把想说的一切都写在信上寄给他,他的反应是:真的很爱我,但他不想对不起阿蓉,亦不想我俩不开心,所以不知怎样做才好。阿文问我是不还爱他,我回答说很爱;他问我可不可以等他,我说可以!但现在每天看见他们或听到有关他们的事,我就很不高兴。我已是第二次给自己的男朋友这样对待了,这次较上次更为严重,因为我视第一次拍拖为游戏而已,这一次才是我的真正初恋。

请蔡先生解答我的烦恼:

一、阿文现在爱我,还是爱阿蓉多一些呢?

二、我要怎样才能够开心地等阿文回到我的身边?

三、我是否很傻，把自己最心爱的东西拱手让人？

四、我应该怎样去处理这件事才对？放弃还是等呢？

五、每次想说出我的感受，都因为性格，并没有向人倾诉不开心，这样对吗？

六、阿文要我等他，是不想我不开心，还是要我自己慢慢放弃他？还是他真的还爱我而要我等他呢？

七、我应不应该跟他说清楚？

八、如果有别人喜欢了我，我该怎么办？

思敏　上

思敏：

回答你的问题：

一、阿文现在爱你，和爱阿蓉一样多。谁在他身边，他就爱谁多一点。年轻男孩，不懂珍惜，常患这种毛病。和阿蓉在一起，说不肯放弃你；和你在一起，说不肯放弃阿蓉。你要是不么分析年轻人的轻浮，便会给他玩死为止。

爱谁多一点都不重要。你认为非他不可，那么死缠烂打好了，抛开一切，整天跟着他。你这么一做，阿蓉也会学你一样死缠烂打，整天跟着他。最后。阿文会两个都不要，找一个新的。结果一定是这样的，还是离开他好。

二、等别人回到自己身边，怎么会开心？痴痴地等也等于是痴痴地幻想和痴痴地痛苦，是天下最坏的事。争取，才是积极的。争取不到，再痛苦，也是值得。连争取也不争取，该死！

三、你是很傻。

但也不能完全怪自己，你并不是把心爱的人双手奉送，而是他主动地去追别人。如果他不是爱上阿蓉，也会爱上其他人。要是你不忙，他也会找机会向外发展，这点你要搞清楚，搞不清楚，就是傻。

四、我很欣赏你那种不把麻烦事和别人分担的个性。有这种个性的人，自己是痛苦的，这是代价。既然你是开朗的、豁达的，就不应该那么小心眼地只爱一个人。开朗的人，也有博爱的精神，多爱几个，便没事。

五、阿文要你等他，理由并没有你想的那么复杂，他只是要脚踏两条船罢了。

六、你应该和他说清楚，要阿蓉就不要你。这么一来，结果如何不知道，但总可以避免一天到晚胡思乱想。

七、最后如果有别人喜欢你，尽管去爱好了。你以为你现在很爱阿文,但你这种年纪的女孩子,一转头,立刻爱上别人,一点也不出奇。

祝好!

蔡澜　上

他是喜欢你，
但没有达到爱的程度

蔡澜先生：

你好！首先，多谢你替我解决感情上的烦恼！

我的一段感情，由不清不楚到明朗化，到最后亦是"无疾而终"！

三年前，我认识了一大班男孩子，他们待我十分好，大家有如亲生兄妹！由于他们当中有一位M君是喜欢我的，于是他便托他的朋友问我是否喜欢他。但因我从没有喜欢过他，所以没有答应接受他，彼此一直只维持着朋友的关系。另一方面，在他的朋友当中，有一个S君经常打电话给我，来意全是为了帮M君追求我，但我始终无法爱上M君，反而对S君有十分好感，可惜当时他已有固定女朋友，所以我便认了他做哥哥。直至去年，我和他及他的一位朋友去看电影，当时他放了一只手在我的腰侧（他已和他的女友分开很久了），我没有反抗。在第二次看电影时，我特地把头放在他的肩上，他亦没有拒绝，于是我找机会告诉他已爱上了他。当时他只说迟阵子再找我，因他刚要上班。但之后，他没再找我，但写了一些字条给我，叫我别做傻事，他没有爱过我。

之后差不多一年没有再找他，几乎把他淡忘。但在一次偶然的机会，我找他帮忙，他亦十分乐意帮我。再次见面时，彼此没再掀起以往的事。有一天，我到他办公的地方找他，只是想打招呼而已，但他带了我到他的家。起初没有什么特别，但之后我差一点儿把"第一次"给了他，幸好他没有这样做！他曾向我说："经历了那么多，才可以在一起！"但之后我俩只是保持电话联络，因为他每天要忙于工作。为了见他，我连学也不上，往他办公的地方见他！

不过，最近连续几天打电话给他，他也没有回电。我终于忍不住，打电话对他说，若不爱我，无须避开我。但他说不是，只是真的太忙！过了数天，我再打电话给他，他在后台留言说叫我以后不要再找他！我也不知发生什么事！我猜想原因有两个：（1）他的一个近亲喜欢我，所以他不想难做；（2）我太烦，常常打电话给他。

现有一些问题想请你解答：

一、我究竟应不应该再向他问清楚呢?

二、他究竟有没有喜欢我?

三、我实在太爱他，没法忘记他！我应怎么做呢?

紫程　上

紫程：

厉害！知道怎么把头靠在他的肩膀上表示爱意，多数女孩子都不敢那么做。

男人很贱，以为你是较为开放的，就可以有进一步的要求。所以，当他带你到他家去的时候，他是有意思占有你的。

你说你"差一点"把第一次给了他，好像是很"好彩"[1]似的。你到底还是有保留的，所以他当时的心情一定是："这个女孩子已表明喜欢我，我用手搁在她的腰上，她没有拒绝，还把头靠近来，那么上床也没什么大不了。但是，看样子她像是处女，我不过是玩玩罢了，还是放过她，免得将来惹麻烦。"

后来，你又打电话给他，说什么若不爱我，无须避开我等无理取闹的话。

---

[1] 好彩：粤语方言，好运、幸运的意思。

我要是他,也不好意思直接说:"爱是不爱的,说说可以,但是你玩不起。"

既然说不出真话,只好用事忙来推搪了,真话有时是很伤对方的心的。

可是你还是死缠烂打,每天给他打好几个电话。最后,他感到你已令人厌烦到讨厌的地步,就留言给你叫你不要找他。这是很自然的反应。还没有和你发生肉体关系,你已像一个老婆那么追问,要是和你有了一腿,那还得了?后果是不堪设想的。

回答你的问题:

一、答案已经清楚得不能再清楚。他喜欢你,但没有达到爱你的程度。你已经三番五次示爱,他也明明白白地叫你别再去找他。你还想怎么"清楚"法呢?

二、玩玩罢了!

三、你已用尽一切法宝，再也没路可走了，放弃他吧！

要是你真的是爱得那么深，就求他最后见一面，把自己无条件地给了他，从此再不找他。要想念，让他去想念；要后悔，让他去后悔。而你自己快一点长大成熟，做一个好女人，再过几年，他再找你时，连一次机会也不再给他。

祝好！

蔡澜　上

他 因为 不爱你，
所以 才会不重视 你

蔡澜先生：

你好！很久以前已写过一封信给你，但你没回复，所以这次希望你可解答我这封信，因为我被这件麻烦事困扰着，觉得很痛苦。

半年前，我和我的男朋友分手，原因是他见异思迁，这事令我痛苦不堪，并留下阴影，变得不再信任男性，只觉得他们是伤害女性的。

一个月前，我认识了另一个男子叫阿威，成了恋人。最初我也很高兴,因为可以重新过新生活,但阿威若即若离,而且不重视我的态度,令我很紧张,亦很害怕会再次跌进深渊。

阿威很重视家庭和朋友,却不重视爱情,一直抱着可有可无的态度。他时常不打电话给我,其解释是他在深夜时才有空,但我在深夜时却不能听电话,因为家人会不满。

他不约我上街,所谓的解释就是我和他的朋友合不来,勉强一起玩,会令我很闷,去也无所谓,所以我和他经常没有机会见面(但我对着他的朋友,并不觉得闷)。

请蔡澜先生替我解答以下烦恼:

一、他爱不爱我?

二、我应该怎样对他才好?

三、我是否该和他分手?

四、他不打电话给我,我找他行吗?(但我很固执,他不找我,我绝不会找他的。)

五、他在我心里已占了一个位置,我可放弃他,但我不想。我可怎样做,才不致"再一次被情伤"?

一个愚蠢极了的奇异果　上

奇异果:

你的字体很整齐,另外你的签名后面画了公仔,可见得你的年纪很轻。长大的人是不会画公仔的,除了那些永远是十八岁的新晋歌星。

闲话少说,回答你的问题:

一、阿威并不爱你。在并没有制造太大的伤害之前,你去多找一个男朋友吧!别说失意会留下阴影,不再想念男性的话。你不是告诉了我又喜欢阿威了吗?如果那个阴影是那么厉害,你看到男人就怕,哪会再爱另一个人？所以证明你还有能力一次又一次地恋爱下去。

二、你要离开他，干什么还要问怎样对待他才好？这种爱理不理、阴阳怪气的男人，躲避还来不及，何必对他好？

三、在第一题已回答过，不赘。

四、你既然是一个硬骨头的女子，不打电话给他就不打电话给他，不必后悔，也不必想得太多，否则，一切都是多余的。

五、他在你心中的地位现在可能是很高，但是当你认识了新的男朋友，他的地位会一天一天地低下去。

你不想放弃他，也行。但这并不代表你不可以脚踏两只船呀！

如果不想被感情伤害，那最好是让别人为你苦恼，自己潇洒一点，忘记从前的痛苦，尽量追求快乐。

你可以最后一次打电话给阿威，说你对他有意思，要是他还犹豫，就干脆一刀两断。那时，你会发觉，一刀两断是很好用的。断了，才有新的。

祝好！

蔡澜　上

因为自尊而羞于示爱，说明你并不爱Ta

蔡澜先生：

差不多两年了！每次想起，总会叹一口气。也不知喜欢他什么。

一年前，碰到他跟一女孩拍拖，其实早已知道他跟这女孩走得颇密，只是自己不愿相信。那次碰上，亲眼看到了，以为自己会死心；但直到现在，跟他相处久了，发觉他的优点愈多，愈是喜欢他，可能是没有更好的对象吧！

表面上，我是装得那样的好，不时取笑他跟她。没有人知道我喜欢的是他，亦没有人会知道我曾偷偷为他哭过多少遍。

是的，我知自己是在等他俩分手。但我亦知，他俩现仍在热恋中。但他跟她，却不时吵架。他是一个将阴晴全部挂在脸上的人，每次吵架后，他都郁郁寡欢地独自坐在一角，从没见过如他这般情绪化的男孩。而我，每次看到这情景，皆以为他们会分手，皆以为自己仍有希望。可是不到几天，他俩又走在一起。

其实他是知道的吧？

很多次想跟他说清楚，好让他亲口说句没可能。可是我太爱我自己了，也太自傲，我怕若是说出口，日后不知道怎么跟他相处。做不成情侣，我也不要做朋友，干吗要辛苦自己去装作没感觉？但跟他仍是朋友，我舍不得放弃，我仍觉得自己有希望，尤其每当他们吵架的时候。

为什么你十六岁那年，不主动去问问那暗恋你的女孩是否真的喜欢你？既然你喜欢她。你那时已有女友，你叫她怎样开口？有后悔吗？

祝生活愉快！

P 上

P：

爱上一个已经有女朋友的男人，总比爱上一个结了婚的男人幸福，你说是不是？

你讲得对，没有一个人知道你喜欢的是他，也没有一个人知道你曾经为他偷偷哭过。现在你告诉了我，我知道呀！但是我知道没有用，你还是讲给他听好一点。向他倾诉，结果只有两种：一、他看不起你；二、他听了感动，对你更好。这是不是好过你一个人白白地流泪，到死了对方还是不了解你要好？

你不讲给他听，关系迟早完蛋。讲了之后，他不理你，也是完蛋。但是，万一有意想不到的结果呢？这个可能性太过诱人，值得你去赌一赌。

你有很多次想向他说清楚，但是你太自傲了，说不出口。这根本不是自傲不自傲的问题，是你爱他爱得不够深。

爱，是没有羞耻的；爱，是扔出性命的。你还是要把借口推在自傲上，这显然地证明你没有资格说爱过他。

既然只是一个浅薄的暗恋，那么放弃他吧！他虽然有许多优点，但情绪化的男人很难搞的，非常不成熟。爱上这种人，只有一生分享他的痛苦；要与他共欢乐，时间很短。忧郁，是他的享受。

其实他是知道吧？还是不知道？这个问题永远存在，要是你不问清楚的话，他不会主动地问你。这种人都不可一世，所以他们不懂得什么叫爱。

舍不得放弃他的话，一直等下去好了。总有一天你会放弃的。等到你七老八十，记着我这句话吧！一定灵验。

但是你不是七老八十，你还年轻，我的话你是没可能听得进去的，你写信来问我，等于是你想找一个不相识的人来诉诉苦，我讲些什么，都没用。

你问一句来，我答一句去，我们都在浪费时间。不过，话说回来，爱，的确是在浪费时间的。

祝好！

蔡澜　上

生闷气不可取，
说出不满才能解决问题

蔡澜先生：

很敬佩你答问题的幽默及创意。我现在遇上了一个难题，希望你能替我解决，或给点意见。整件事有几点很难解决的。

我已婚八年，第一年大家很愉快，但一年后，发生了一件事，令我至今仍然很生气，不能原谅我的丈夫。这件事就是我爸爸的死，他突然中风死亡，由事发至身亡不到两个小时。我因没有机会见到父亲最后的一面而感到很难过，但我丈夫在这段时间经常外出，没有照顾到我的感受，令这七年间，我都不能忘怀。我到现在还没离婚，是我一直以为我可以原谅他，只要时间一过便会忘怀，但事与愿违。我是否应该再花时间在这段婚姻上？我也出于以上原因一直没有生孩子。

我去年认识了一位年纪小我两岁的男孩子（我二十七岁，他二十五岁）。彼此都是经朋友介绍认识的。我后来跳槽，离职前，介绍人对我说，我男友会移民美国，最快两年后才会回来，自此我便没再找他。但半年后的今天，我因午夜梦回再遇男友，所以一早醒来便打电话给他，原来他根本没有去美国。可能很久没联络的关系，我俩只是在电话中寒暄了数句。我是否再对他解释一切，以及查个明白？是否要求复合？半年前他不肯听我的电话，我伤心了一阵子，但很快便控制了自己的情绪，没有再太挂念他，但今天与他谈了几句后，发觉自己仍然爱他，如何才可以令我们和好？

对这段感情与多年的婚姻，我该如何取舍？我跟丈夫从未婚到现在，已认识了十一年，我仍然爱丈夫，对丈夫好，有求必应，但他的表现令我对这段感情死了心。唯一不放心的是，他是一个依赖性强的人,以前他有妈妈照顾,婚后有我,他总是茶来递手,饭来张口,没半点烦恼。我应如何取舍?

多谢回答!祝快乐!

善儿　上

善儿:

通常,对一个男人丧失感情,多数是因为他有另外一个女人。

你的例子很特别,你对丈夫失望,是因为在父亲死时,他没有好好地安慰你。

但这不是一条死罪呀!

你为了这种事而不生孩子,对他的惩罚已经够了吧!

如果你肯定自己不能原谅他，那么就离开他，免得双方都痛苦。

你认识的那个比你小两岁的男人，从头开始便不肯听你的电话，这是因为你已是一个有夫之妇，不能怪他。对他的感情，由你信中看来，似乎是你的一厢情愿，他如果和你一样也感到爱的话，那么他会主动地来找你的。

半年前，你能控制自己的情绪；为了再和他谈两句，你又死灰复燃，这不过是一个幻觉。既然以前能忘记他，现在也试多一次吧！

不然，你就找他出来，谈个清楚，要是他真的爱你，你再考虑和现在的丈夫分开，也不迟呀！

你既然问我这段婚姻应如何取舍，我的答案是按兵不动。

再给你丈夫一个机会，向他说明你对他的不满，看看他的反应，再做决定。

不放心他那依赖性强的个性，表示你对他还存在着一点好感。十一年，并不是一个很短的时间，你有责任把事情说个清楚才离开他。

如果，你发现一切还是行不通，那么一走了之，也许会有一个新的天地等待你。但是绝对不能后悔，要承担一切后果。千万别用新男友来做理由，他不是一个答案。

海阔天空，你要做什么就做什么。要做的话，现在就去做，二十七、二十八岁的人，不算年轻了，这是你最后的一个机会。最坏的后果，是一面留下，一面埋怨。

记着：你自己的选择，决定在你手中。

蔡澜　上

友情 和 爱情纠缠的 三角恋，
　　不如 打开天窗 说亮话

蔡澜先生：

你好！

三年前，我、阿贤、阿诗是很好的朋友，阿贤是一个健谈的人，我、阿诗和认识他的人都很喜欢他。但他只是喜欢阿诗，而我却毫不知情，深深地爱上他而不能自拔，还在阿诗面前说他的什么。当我知道他们是一对的时候，我的心很难过，慢慢地疏远他、刻意地逃避他令我变得沉默。

但他依然找我，令我开始融化，自然地走在一起。而后来他和阿诗分手，做成他们之间的"第三者"我觉得很内疚。虽然他没有亲口说爱我，但我感到他是为了我，之后我们出双入对，维持了一段时间。我的心很乱，再次逃避他，令我们的感情转淡，逐渐很少联络，现在已经断绝来往。我和阿诗依然有见面，从她的口中知道阿贤还有找她，有意复合，而我则"泪向肚中流"。

到了现在我仍念念不忘他的一切，分开后，一切的记忆更加清晰，每一句话、每一个细节更令我深深记挂他，侵蚀我的心。蔡先生，我是否自作多情呢？到现在我都不知道他有否爱过我，救救我吧！

祝愉快！

冬儿　上

冬儿：

又是一个两个女人爱上一个男人的永远的三角恋爱故事。

你的问题一点也不严重。为什么？你和阿诗都没有结婚呀！

单身男女绝对有权利去爱对方的，虽然阿诗是你的好朋友，好朋友不是什么事都可以商量的吗？暗中你让她，她让你，问题就发生。

错在你不坦白，错在你把一切都收藏在心内。你写信给我，我解决不了你的问题，但是如果你把一切都告诉了阿诗，也许阿诗会替你想办法。

更好地，不如直接找你心爱的阿贤好了。打开天窗说亮话。一、二、三，大家聊聊，好过一个人自闷。

你当然会说事情不如你讲得那么简单，哪能一二三地处理？错。简单的事，你把它弄得复杂才是真的。

我想，你大概是"少年不知愁滋味，为赋新词强作愁"的愁吧！你很享受失恋的痛苦也说不定呢。

要是我是阿贤，我也会这个爱爱，那个爱爱的。先要了阿诗，再要你，但是你却不要我了，我只好再去找阿诗。人总是对得不到的东西不满足的，所以还是继续要你，等到你也要我的时候，我连你和阿诗都不要，要第三个女人去了。阿贤一定在这么想。

阿贤和阿诗分手时，你感到很内疚。内疚些什么？你抢了人家的老公了？你破坏人家温暖的家庭了？你把自己当成一群儿女的狠毒后母了？真要命！

何必"泪向肚中流"呢？

不如这样吧！你和阿诗来一个比赛，用剪刀石头布来决定输赢，输了便当阿二。

祝好！

蔡澜　上

爱情 真 的 要 来，
你 挡也挡不住

蔡澜先生：

你好，我是你的长期读者，我觉得你对爱情、感情都讲得好有道理，可能你比我见识多。本人今年二十三岁，动静皆宜，我只读到F3❶。记得在一九九〇年四月，我因犯了事入劳役中心，而她，就正是今次故事的主角R君，比我小一年三个月。

---

❶F3：香港的中学是没有中考的，学生是直接从中一读到中六，F3就是中三年级。

记得在劳役中心这段时间里面,我双脚曾经受了伤,她有寄慰问卡给我,不但没有小看我,还和我保持书信来往。她是我F2时的同学,虽然她不是什么玉女,但在我心目中,她对人有礼貌,很会帮助和关心人,我以前有过三至四个女朋友,不过大家性格都合不来,现在我有几个问题想请教蔡澜先生:

一、我整天失眠都想起她,是否真的爱她?

二、她在医院牙科做护士,如果我同她来往是不是有些不自量力?

三、我的职业本来做运输(驾驶汽车),不过上年被吊销了驾驶执照,现在只好做跟车,不过我报了明年再考,我觉得如果同她来往,她的父母会反对。蔡澜先生,请你教我怎样做。

四、今年一月是她的生日,我应怎样做?

我的文章是否写得流利?请别见怪,因我只读到F3。一千个谢谢。

祝好！

你的长期读者Ringo

Ringo：

是否爱R君，你自己也不肯定，别人更加不知道。不过，我想就算你不是爱她太深，起码你也很喜欢她，对她的印象甚好吧。要不然你也不会整夜失眠都想她，又将你对她的感觉告诉我。这都是爱的前奏。

至于她是做牙科护士，而你是做运输跟车的。两人互相喜欢对方，这有何不妥？你怕自己不自量力，她既不介意，你又干什么嫌弃自己？

况且，你也有上进心，还希望再考取驾驶执照，这已有希望了。不论你是做什么的，只要你还是肯争取，已是很正确的做法。

至于你怕她父母反对。我想只要你诚恳，一定会被人接受的。你们的感情还在起步，一男一女交往，不一定只有爱情。做不成情侣，也可以交个知己朋友。

你现在是二十三岁，这么年轻，还有很多经历要过，很多生活要体验。太快决定自己的命运，以后漫长的日子怎么过？把眼光放远点，多些认识新朋友、新事物。再过十年、二十年，仍有许多新事物等着你。

如你要表达爱意，容易得很。她在你脚伤时，送你慰问卡，想她是很关心你的。你也可以送她生日卡，请她吃顿饭。总之，顺其自然吧。爱情真的要来，你挡也挡不住。你的来信虽然有些错字，文字也写得不怎么流畅，但你只读到中三程度，对你的要求不能太苛刻，反正我已明白你要说的已经足够。

祝好！

蔡澜　上

爱他，
就 光明正大 地 告诉他

亲爱的蔡澜先生：

你好！我今年十九岁，认识了一个大我六岁的男人，记得我们一起的时候是很开心的，他很照顾我，关心我，而我到现在仍然是爱他的。一个多月前，我们因为种种误会，正式分了手。但还经常通电话和见面，因为他曾经说过分了手仍可做一对知己良友，这种朋友关系在分手至今一直维持着。

本来应是一件开心事，和心爱的人分开了仍可做朋友，但其实每次见面开心之余，亦有一点心酸的感觉，毕竟我是爱他的。

前两天他问我是不是因为仍然爱他才跟他做朋友，他说因为不想我们朋友之间的关系弄得不清楚。我说如果一点感觉也没有，便是我从来没爱过他，还说既然他可以没感觉，即是他以前没有真的爱过我。他说，那只是我自己的想法。事后我很矛盾，我是否不应该再和他联络，免得辛苦，还是就这样继续下去？因为他的意思是只想和我做朋友，这点我想是可以做到的，但有时真的觉得很心酸、很辛苦，希望你可以帮我解决，谢谢！

敬祝新年快乐，万事如意！

白羊　敬上

白羊：

年轻男女之间，爱情和友谊，常分得不清不楚。有一点千真万确的，那就是当年纪大一点，爱情消失时，只有友谊存在。

你所谓的因为种种误会"正式"分手。什么叫"正式"呢?有没有律师证明?"正式"只是两人的事;要"正式"就"正式"、"不正式"便"不正式",和"好""吵架""不好""不吵架",是一样的,更像是"剪刀、石头、布"。

还是很爱他的话,就是爱情了,还讲什么友谊?

好朋友不会那么紧张的。古人也说过,君子之交淡如水,越是不在意越好,哪像你说的"酸"呀、"苦"呀。

爱他,是光明正大的,直接告诉他,我爱你!我爱你!说了几十次,他一定心软,把你抱在怀里,你那时可以痛哭,做可怜状,就把他一百巴仙❶溶化!

要是他假装听不见,那就完蛋了,上帝也帮不了你,愈快分手愈好,千万别做伟大的朋友,没什么鬼用。

---

❶一百巴仙:马来西亚人的口语,百分之百、不打折扣的意思。

年轻人还有一个毛病，他们不只把友谊和爱情分不开，还将朋友、爱人和性搞不清楚。

你到底爱他有多深？和他发生关系了没有？男人和你发生关系，也不代表一定爱你的，何况你们只是牵牵手罢了。

要是没有肉体关系，那更好解决，你今年十九岁，有大把的时间再去认识别的男人。假使你觉得这一生一世只有这个人，那么你不是太过没有信心，就是太丑。只有这种女人才担心找不到新男朋友。

永远地矛盾下去，痛苦是不断的，在你们的年纪，也许是种享受，因为犹豫的感觉对你们来讲，还是新奇的。

我们过来人很怕这种麻烦，要就要，不要就不要，即刻摊牌，今后的日子好过一点。要辛酸的话，给人家弄大了肚子，人家又不要你，才叫辛酸。

蔡澜　上

爱得够深的话，是包容她的全部

蔡澜先生：

是天意弄人，还是命中注定？

阿Cat，一个聪明、温柔、乐于助人，更是样子甜美的女孩；在一次做义工服务中认识。

"我留意了你很久，你那种助人为乐的精神，令我佩服。"这就是我第一句对她说的话。

我们读不同的学校，但年级相同——中五。

会考期间拍拖？相信无人赞成，特别是长辈，多数悲剧收场。是阴差阳错，我强项是数理科而她却是英文，在互补的情况下，我们一起温习、研究，结果会考成绩甚佳，而彼此感情也更深，一直维系半年。

感情发展总是不如意，有一天，她莫名其妙含着泪跟我说："以后我们不要再在一起啦。"

一种无奈，好一句不负责任的话，就 game over。我哑口无言，世界似停顿下来，只听自己的心跳声一下一下地重击着，我需要"冷却"。

我尝试努力地追问原因，每次都遭婉拒，又过了一个月，她音信全无，似消失于这个世界。

在失望、绝境之中，她终于在我面前出现；我故作冷静，默不作声；她对我说："我……中三时……被我大哥……强……奸过，我想你一切都明白。"

天旋地转,我呆呆地站着,默然看她一步一步地远去。

先生,我应怎么做?

祝好!

浩强　上

浩强:

唉,读到你的信真令人叹息。这种乱伦的关系只能在法庭上解决,我不知道该怎样帮你。人,总要活下去,问题在于怎么把丑恶的往事丢掉,才能活得开心。现在你唯一能做的,就是劝阿Cat,勇敢地面对事实;说得老套点,叫重新开始生活。

但是,你这呆子只是眼睁睁地看她离去,令她伤心加悲哀,你真是个笨蛋。

女人被强奸过，还是女人呀；不是古代小说中所说的破瓦缸。一切错在你自己不能接受事实。

要是你爱她爱得够深的话，就马上把她找回来，告诉她你不在乎，向她说你还是爱她的。

话虽这么说，事实上很艰难。因为即使她能接受，问题也会出在你身上，你一拥抱她便有一个男人出现。这个噩梦，你做得比她还要深。

小龙女和杨过，不是有类似的事发生吗？他们还不是白头偕老？现实生活中也许没那么完美，但是时间能冲淡一切。你要把思念她、爱她的痛苦，和你脑海中她被污辱的痛苦放在天平上，你自己做出选择。

祝好！

蔡澜　上

懦弱的人，
离开让你痛苦的人吧

敬爱的蔡澜先生：

你好，在书上认识你真是三生有幸，可惜太迟。

我现年二十七岁，认识他时他已是有妇之夫，并有两个女儿；但他说很爱我，经不起他苦苦地以泪追求，终于答应跟了他，在一九九〇年领了结婚证，并生了一个儿子。本应是幸福的，但事实上我们母子过的生活比黄连还要苦，所以我想离开他。

离开他有以下的原因：

一、性格不合。他性格多疑，不喜欢我与别的男子打招呼，如果让他知道，只好挨骂。

二、与他结婚五年，跟他只过了半年夫妻生活，其余时间都是我们母子单独地过着苦闷的日子，他不敢回来看我们，因怕他老婆毒死两个女儿。

三、一九九二年，我、他、她曾见过三次面，第一次见面，她大骂我，说我的儿子不能叫亲父作爸爸，只准叫作伯父，他竟同意（他曾写信给我叫我答应，说是做戏，以后慢慢解决），但我不答应。我非常恨他，恨他的软弱，连亲生儿子都不敢认，可鄙！第二次见面她叫我把儿子还给他，叫我另嫁人，但我没答应把儿子给他。第三次见面，她说叫我儿子认她为母。我当然不同意，后来大家就一直没有见面了，她真是欺人太甚。他被她盯得很紧，三年多没有回去探过我们，我的心真是一片片地碎了。

四、最近我持双程证来港，得到的待遇是不管身体好坏，白天都要陪他开工。不肯去，他就说我不爱他，不想见他，我觉得他一点都不体谅我。但在晚上，他却回家陪他的老婆，独剩我母子俩凄苦地度过每个黑夜，所以我很不开心。

更可笑的是，在三年内，他以为我不愿等他，居然和她生了三个女儿，加上前两个，就总共有五个女儿。我不是不满他瞒着我还生三个女儿，是他的经济收入养不起这么多人。这几年为他苦守，为他养儿，得到的竟是一个可悲的结局。我跟他提出分手他又不肯，说我带儿子走他就去死，我真的怕他会寻死，那我就成了千古罪人。不离开他，我实在无法再去承受这种苦。若离开他，应现时离开还是等待单程获批才离开他？说真的，若离开他后，我的归宿又在何方？还有人爱我吗？真是很矛盾。

蔡澜先生，你能体谅我的苦吗？求你尽快给我回复好吗？谢谢你。

苦恼人惠英　上

惠英：

我时常嬉笑怒骂地回答一些来信，但是你的例子，我必须严肃一点与你讨论问题，原因是你已二十七岁，在内地的生活圈子显然不大，有个孩子要养，面临的烦恼并非无病呻吟。让我好好尽量帮帮你吧！

一、我不知道你领的结婚证是什么证。他在香港已结过一次婚，再与任何女人在任何地方另结一次婚，都犯了重婚的罪。

二、他苦苦以泪追求你，一个哭着求女人留下的男人，已不是什么堂堂的汉子。

三、这个人生性多疑，多疑是女人的特权，男人也多疑，他就不是男人。

四、他怕他的老婆毒死他的女儿，那么就应该正式地和这种有神经病的女人分离，怕这个、怕那个，是一个懦弱的人，不值得和他长相守。

但是，说到软弱无能，他只能称第二，你才是第一。

这么多年来，你受了那么多委屈，还是跟着他，而且怕他与你分开后就会去死。这种男人，才没那么容易去死呢！你离开他，也许是他内心想要的，至少一切可以告一段落。分析你的来信，这个男人和他老婆一生就生了五个女儿，你为他生了儿子，他唯一想留下你的理由，也就是这个儿子。平凡的男人，是很看重这一点的。

除此之外，他可以因为怕老婆而三年不来看你，他没有把你当成人类看待。

你的顾虑要是完全因为那一张来港居留的证书，就太可笑了。

斩钉截铁地回答你，你是应该离开他的。至少，你不必再痛苦，人生太短暂了，你已二十七岁了，好好地重新奋斗，开始你的新生活吧！

要是你还要继续等他，那证明你是一个很丑的人，丑到没有人要。不然，何必犹豫？

人没那么容易失了生存的能力,你会好好地过下半辈子,和你一样的例子也不少,人家和丈夫分开后,也还不是继续活下去?

祝好!

蔡澜　上

🍷 YUE	🍷	🍷	🍷
🍷	🍷 ZOU	🍷	🍷
🍷	🍷	🍷	🍷
YUE 🍷	🍷	🍷	🍷
🍷	🍷	🍷	🍷
🍷	🍷	🍷 YOU	🍷
🍷	🍷	🍷	🍷 YA

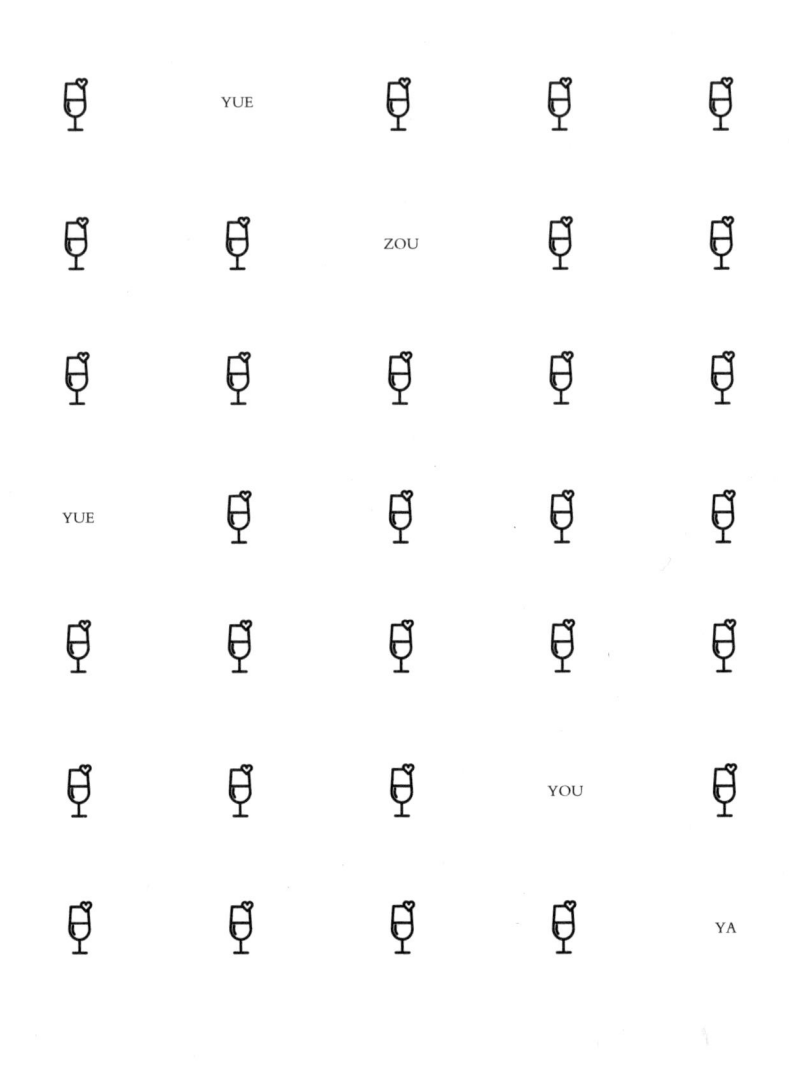

辑三

越走越优雅

依傍自己，才能有更充实的快乐

仙杜拉是我们的临时演员经纪，五六十岁的人了，身材还是修长，衣着入时，偶尔也大红大紫，但品位高，所以不觉刺眼。看来，她只有四十左右。谁也看不出她是个孤独的寡妇。

打光、等太阳间，我们偷空闲聊。

她告诉我："你知道吗？我从前也当过女主角，而且红极一时。"

"为什么改行当经纪呢？"我问。

"自从我结婚后,就放弃了明星梦。"她进入回忆,"我丈夫很有钱,带我到世界上最好的地方旅行,我给他生了六个儿子。西班牙丈夫多数是大男子主义,我先生也不例外,不过,我认为这也好,什么事都不用自己决定,依靠着他,我有安全感,我感到很幸福。每天都像一个大节日,我什么都不必费脑筋,他会替我安排好。

"我嫁给他的时候只有十八岁,儿女很快长大,一个在瑞士,一个在比利时,一个跑到南非,还有些到处乱跑,一年只寄回来一张圣诞卡,连长途电话都省了。

"我又和我丈夫到地中海去,一玩就几个星期。两人在一起,好像又回到初恋那种感觉,我更离不开他。

"忽然,一天,他喝了酒,做完爱后午睡,一睡就不醒。

"我哭得死去活来。做人反正要死的,我多希望像他那样地走。我真的不知道要怎么活下去才好,一个人。

"小女儿回来陪我住了一阵子,她是个虔诚的教徒,我自己不大相信这一回事儿,但也跟她上教堂。渐渐地,我发现天主给我很多力量,起初是一星期去一次,后来变成要天天去了。

"有一天我醒来,穿了衣服马上想赶去教堂的时候,我想起,依靠宗教,和依靠死去的丈夫一样,我还是没有个性,我自己并不存在。发起疯来,我把家产分给几个子女,自己找的这份职位,我才有了第二个人生,这是我过往所没有的。

"我也不再哭了。"

寻得人生乐趣所在，是一种难得的幸福

见面时，我们不禁地拥抱。

岁月在我们身上都留下痕迹，但她还是回忆中的那个少女，一个不断追求精神上更高一层次的女人。

刚认识时，她已是位出色的演员。我们一起在东京拍戏，工作完毕，到一家小酒吧去。本来清清净净，给我们又唱歌又闹酒，气氛搞得像过年。是的，那是旧历年的除夕，日本不过农历年，只是个平凡的晚上。我们身处异乡，创造自己的年夜。

另一年的元宵，我们一起到中国台湾北港过妈祖诞，鞭炮的废纸，在街上铺了一层又一层，犹如红色的积雪。

从来没见过人民那么热烈地庆祝一个节日，各家摆满数十桌酒席，拉路过的陌生人去吃饭，越多人来吃，才越有面子。

烟花堆成小山，已不是噼噼啪啪地放，而是像炸弹一声轰隆巨响，刹那间烧光一切。

有个地痞变本加厉地拿个土制炸弹掺进烟花中，爆炸威力令我们倒退数步。

"虎爷不见了！"听到大家喊。

这个虎爷是块黑漆漆的木头公仔，据闻是在百多年前由内地请神明请到台湾来的。北港的人民当它是宝，给那个土炸弹爆得飞上天空失踪了，找不到的话，人民迷信将有一场大灾难。

混乱之中,有些流氓趁机摸了她一下,我们这群朋友看了火滚❶,和他们大打出手,记忆犹新。

好在大家都没有受伤,虎爷也在一家人的屋顶上找到了,一片欢呼,结束了疯狂的一夜。

从此,二十年来我们再也不碰头,但在报上、电视上常看到她的消息,由一个专演娱乐片的明星,到拍艺术片,连续了两届影后的她,忽然息影了。

电影这一行,始终是综合艺术,并不个人化。好演员要靠好的导演栽培。成为大师级的导演,又是谁出钱给她拍戏的呢?这不都是庸俗的商人。

她寻求自我中心的满足感,终于找到了琉璃艺术这条路。

---

❶火滚:粤语,指很生气。

听到这消息，真为她高兴。这个艺术的领域，还是很少人去琢磨的。

书法、绘画、木工、石雕等，太多大师级的人物霸占着一席。如果大家都是以艺术家身份来互相欣赏，那倒是无所谓。令人懊恼的是，浑水摸鱼的人太多，攻击来攻击去，已不是搞艺术，而是搞政治了。

琉璃艺术在西周，三千多年前已兴起。历代中产生不少的光辉，到清朝还在鼻烟壶上努力过。近代东方人一直忽视了这门工艺，反而在西方，深受重视。美国的Tiffany、捷克的Libensky的作品，我在世界的各大博物馆中都曾见过。二十世纪初的西方装饰艺术Art Deco中，琉璃作品里也大量运用中国器皿为概念，这门艺术，应该在东方发扬光大才对。

有时看来像翡翠，有时看来像玛瑙，有时看来像脂玉，有时看来像田黄。琉璃艺术的颜色变化多端。

这种法国人所谓的水晶脱蜡精铸法（Pate-De-Verre），是将水晶的原粒，加入发色的酸化金属，在炉中高温数字化而成，过程复杂到极点。多年来，她一天十几小时，就算酷暑炎午，她还是在四十摄氏度的高温下工作，失败又失败地重复之下，得到的成果，来得不容易。

作品《玫瑰莲盏》中，水晶脱蜡精铸法已发挥到淋漓尽致的地步。碧绿的莲叶，含着那朵鲜红的小花朵，像一块刚挖出来的鸡血石，是大自然混合出来的斑点，意境极高。

众多作品，我最喜欢的是《金佛手药师琉璃如来》。一只金色的手臂，隐藏着面孔慈祥的佛像，概念是大胆而创新的，这是从来没有看过的造型，应该说是她的代表作吧。

法国的巴克洛和达利克把琉璃艺术发展在商业装饰里，开拓了广大的世界市场，为国家争取了不少的外汇。

我们见面时，问过她是否会走法国人的商业路线？

她笑笑，表示留给她的小伙伴张毅去做，自己只攻创作。其实她的作品中的"悲悯"和其他不同主题,是外框很厚的玻璃砖,中间藏着各类雕塑,很适合建筑美学上用,能将一栋平凡的墙砌成一件艺术品。

在我三十多年的电影生涯中,认识的女明星不少。家庭破碎的也有,潦倒的也有,消失的也有。

我也认识很多后来成为贤妻良母、家庭美满的演员,俗人知道也好,不知道也好。

她应该是最幸福的一个吧。看到她的表情,很像《巴贝特之宴》一片的女主角,用尽一切为客人做出难忘的一餐。

人家问她:"你把时间和金钱通通花光,不是变成穷人了吗?"

巴贝特回道:"艺术家是不穷的。"

朋友常问我写的人物,是不是真有其人?在她的例子,是真的。她的名字叫杨慧珊,又叫琉璃。

人生看得透，
一切都没什么大不了

苏先生苏太太参加我们的旅行团多次。苏太太很有气质，笑眯眯的，贵妇人一个，苏先生双颊通红。吃饭时总自备威士忌，把它用一个小矿泉水瓶装着，方便携带，喝酒能像他一样喝到八十二岁，就发达了。

苏先生一看到有什么不合水准的服务，即刻提出意见，他的要求甚高，因为年轻时早见过世面。我一一接受，看我听话，他那瓶威士忌喝不完时，就打赏给我。我也到处替他找苏打水，从前威士忌兑苏打，日本人叫作High Ball，当今都只会兑水不卖苏打了。

早上吃自助餐,苏先生一屁股坐下,打开报纸,等苏太太拿两个碟子的食物回来,老人家才动手。我们看了好生羡慕,苏先生举高了头:"教导得好嘛。"

苏太太才不理会苏先生扮威风,照样笑眯眯地,其实她看人生看得最透,一切也没什么大不了。她还会自嘲,用端庄的书法写了"一个女人十段风味书"给我,照录如下:

一、十岁之前,风风趣趣。

二、二十岁之前,风姿绰约。

三、三十岁之前,风度可人。

四、四十岁之前,风华绝代。

五、五十岁之前,风情万种。

六、六十岁之前，风韵犹存。

七、七十岁之前，风湿骨痛。

八、八十岁左右，疯疯癫癫。

九、九十岁，风烛残年。

十、到了一百岁，风光大葬。

我看了笑得从椅子上跌地。十个"风"，除了"疯疯癫癫"的"疯"不用"风"字，倒认为女人不必等到八十岁，从小疯癫到老，才是女性竹林七贤，才是雌性寒山拾得。女人无理取闹时十分难以忍受，偶尔的疯癫，很可爱的。

懦弱的人，得不到爱情

玛嘉烈公主走了。你们还小，你们没有看过她年轻时的风采。你们不知道，戴安娜王妃虽然比她美，但是那种贵族的气质，是在戴安娜身上找不到的。

这一出发生在现实生活中的悲剧，让许多"从此之后，他们永远活得快乐"的童话幻灭。公主嫁不到她所爱的男人，一生忧郁。

很多人说这是玛嘉烈不好，自己没有勇气下决定。到了二十五岁时她已经不必等王姐批准婚事，像她的叔叔爱德华八世一样，不惜一切选择爱情好了,为什么不嫁唐生。

从小被父王溺爱,鼓励她尽量过一般少女的生活。她敢做敢言,十九岁时已经拿出象牙烟嘴来点烟,当年这是平凡少女也在私底下做的事,她才不管。

之后,她不禁忌地公开喝酒,人家都知道她最喜欢威士忌兑矿泉水。

这种个性的女子,怎会乖乖听话,让王室破坏她的婚姻?江山已有她姐姐负责,沉闷伦敦和浓雾,当然放弃好了。加勒比海的白色海滩和阳光,等待她和唐生两人去享受。

研究人性,不敢的绝对不是玛嘉烈,罪魁祸首,还是大男人唐生。

唐生虽然是空军英雄,但没有忘记自己平民的身份。他的一举一动都是典型的英国绅士,绅士要为美人着想,绅士不能妨碍少女一生的幸福。从他的自传中写的"我知道我根本不够分量,不值得要她为我放弃"这句话，就能证实决定错的是他。

男人的懦弱，伪装成牺牲来掩饰，真是可怜。玛嘉烈当年一定向唐生说过，我们走吧！是唐生没听她的话。玛嘉烈从此看不起任何男人，包括她随便嫁一个摄影师。

玛嘉烈的悲剧，不是王室造成的悲剧，是该死的男人造成的悲剧。

人 活 一 世，不 妨 大 胆 一 些

都说过，每次出门，回家后翻阅旧报纸，总有一两个影坛故人逝世的消息。

这一回是白光，我从来不认为她美丽，但是说到女人味，灵秀跃于稿纸上。白光的歌留世的很多，《假正经》《等着你回来》《三年》等，年轻人也会唱。那种迷人的低音，只能用空前绝后来形容，蔡琴重唱也唱不出。

只见过白光几次。十多年前，香港一班有钱的上海人搞怀旧，特

地请她来唱几首歌。这群人当然不像外国佬那样来一个起立敬礼，还一面吃东西，一面谈生意。席中夹几个老女人交头接耳："已经沙哑得听不进去了。"唉！

当时，很好奇地问爸爸："白光是怎么样的一个女人？"

家父和她一起旅行过几次，算是谈得来的人。老人家回答："一说话，大胆得不得了，很真，绝对不假。爆粗口骂人，也不觉她讨厌。"

后来在尖沙咀也遇见过她几次，每一回都互相打招呼。没有介绍，我不知道她怎么认出我，也许有朋友告诉她我是某某人的儿子。

如果我早生数十年，一定被这位前辈迷倒，我一直喜欢至情至性的女人。看白光少年的经历：十七岁时已和北京学生话剧团的教授订婚（一说只有十五岁）。恋爱失败后，考取公费赴日本东京女子大学艺术系留学，日语顶呱呱。一九四二年开始去上海演唱，并首次当《桃李争春》女主角。后来到香港拍片，成为最有名的女明星，有

"一代妖姬"之称。

一九五三年嫁了美国飞行员,她干脆叫自己老公为"白毛"。共赴东京,开夜总会,主演东宝的《恋爱蓝灯》。离婚后返港拍片,并当导演,拍了《鲜牡丹》和《接财神》。

这么神奇的一生,所遇男人无数,歌词中的"假惺惺,假惺惺,做人何必假惺惺",正是针针见肉地击中男人的要害,佩服得五体投地。

强大是治伤心的良药

日本女人,昔有"大和抚子"之称,是说她们的小腿生得像两根萝卜,腰长,屁股不相称地肿大,丑死人的意思。

尤其是在第二次世界大战之后,日本女人在战败的混乱时期中,更觉得自信丧失。

这时候,日本出现了一个叫伊东绢子的女人,时装模特儿出身,会穿高跟鞋,走路也没有向内的八字脚,身高一米六四,三围是八十六、五十六和九十二。日本人创了个新名词,叫伊东绢子为"八头美人"。

伊东跟着去参加美国长堤的第二届世界小姐竞选。上一次派去的一个叫小岛日女子的,给人家批评得一文不值,但是伊东一登场,即刻吸引各国的评判员,在四十多个国家的美女中被选为第三名。

回日本后,她当了几部电影的主角,再跑去法国学服装设计,重返东京开时装店,又投资各种企业,变成个女强人。

后来,她嫁了一个比她小六岁的外交官,丈夫退休后在百货公司任职。

伊东说:"希望,是一种不可思议的药,我现在只不过是个家庭主妇,但是我从前的确是医好了不少日本女人的伤心。"

做人有自己的主张，
生活不会坏到哪里去

大岛渚的《感官的世界》上映至今，已有十年了。这部第一次以剧情取胜，又有真刀真枪情爱的电影，当时引起一场轰动。

至于女主角松田英子现在在哪里，倒没有人知道。

最后的消息是她和大岛渚一起出席康城影展的《战场上的快乐圣诞》的首映礼，以后就失踪了。

松田有她的独特人生观。

她曾经说：

"我不想结婚。"

"我喜欢小孩子，真怪。"

"我爱的人，不一定和他结婚。"

"到底要和谁生孩子，那是女人自己会去决定的事情。"

拍完《感官的世界》之后，松田英子曾经主演过几部片子，但是没有什么特别的表现。

今年松田应该也有三十四岁了。问大岛渚她的近况如何？大岛摇头称不知，但是他说道："当时松田曾经提到要在巴黎生活，她是一个思想成熟的女人，做人有自己的主张，才敢那么大胆地拍我那部戏，我想她目前的生活不会坏到哪里去。"

活出 肆意，活出 洒脱

名取裕子主演过"序之舞"中的女画家，"吉原炎上"的艺伎，为日本首席女演员之一。

两三年前，她参加新加坡亚洲影展，顺道来此，对香港印象极佳，尤其是食物。

我们看她吃东西，每一道菜都扫得干干净净，把自己那份分了给她，说也奇怪，又吃光了。最后来个荷叶饭，每个人都献上，她吃了六包，将剩下的四个打包拿回酒店，说是等明天当早餐，但翌日听她的经理人说,名取半夜三更由床跳起,把那四个荷叶饭吞了,才睡得安稳。和名取吃饭是一大喜事,我们再不叫她名字,称她"大胃"。名取也常自嘲地:"蔡先生对我的外表一点兴趣也没有,他只喜欢我的内脏。"

这次她来拍我们的"阿修罗",只是象征性地收了一点片酬。她说她实在太爱香港的中国料理。在记者招待会上,人家最想问的是:"你对拍大尺度的戏有什么感想?"名取也大方地回答:"所有日本的第一流女演员都脱衣服。""但是香港女演员就不那么想。"记者说。"或者我们的看法不同。"名取说,"在日本,裸体不裸体不是问题。演技好坏才是关键,观众不会因一个女演员脱了衣服,就认为她只能演黄色片的。"

做 自信的 女子，
才能 不畏质疑

八月十二日是泰国王后诗丽吉的生日，也是全国的母亲节。她生有四个儿女，并已有外孙，今年五十一岁，还是那么美丽高贵。

诗丽吉的父亲是外交官，曾任驻英、法的大使，她从小在外国长大，精通各国语言。年轻的国王在瑞士留学，最喜欢音乐和跑车，有次直奔巴黎，住在大使馆中，邂逅了这位漂亮的少女。车子驾得太快，终于出事，诗丽吉朝夕守在病床，两人似在神话中永远快乐地生活下去。

出国访问时，受外国记者包围，他们最喜欢两个问题。一个问题是：王后对国王有没有影响力？

她回答道："绝对没有，陛下影响我才是真的。泰国的传统，太太最好相信丈夫，从不干涉他的事业。"

女记者不以为然，男记者却热烈鼓掌。

另一个问题是："泰国女人在什么时候，才能与男人有同样的权利？"

"我们自古以来都是男女平等的。"她风趣地回答道，"我们虽然没有什么女权运动，但是从来不自卑。"

尽自己所能去生活
就值得人尊敬

基本上,我是看轻女人的。

我讨厌没有教养的女人,连一个"请"字都不肯用的女人。我更憎恶整天造谣、无所事事的女人,就像我看轻和她们同类的男人一样。

自力更生的女人我怎会看轻?

像"北京水饺"的臧姑娘,她只手来香港立足,把一种最基本的食物搞得有声有色，最近她还在新界建一个大工厂，将北京水饺返销到北京去。

像方太，和先生离了婚后，靠烹调技术，把几个孩子都养大，她做的电视节目，有谁没看过呢？

像"糖朝"的老板洪翠娟，年纪轻轻地出来创业，亲自下厨磨豆沙，把在街头卖的糖水高级化，现在她的店铺，已闻名于日本。

同样的传媒，有俞琤主掌的商业电台，老板何佐治先生大可安枕无忧。虽然，俞琤的举止并不像一个女子。

亦舒更用一支笔，便能创造出玫瑰、家明等脍炙人口的角色，她的小说风靡了能看得懂中国文字的少女，为自己的家庭带来很大的财富。

不一定有知名度，也不一定在事业上有成就的是美术馆指导马光荣的太太余洁珍，她把一个家庭安顿，孝敬外公外婆，亲自为儿女做衣服，晚上有点私人空间，跟我的师兄禤绍灿学习自己喜欢的书法。

为我作插图的苏美璐更是我钟爱的,她的艺术一直保持一份童真,是很难得的存在,现在她住在伦敦,作画之余,还在修道院照顾年老的修女,当为副业,这个工作对她来说并不辛苦,因为在宗教气氛下,她能领悟到许多人生的道理。

我的新居附近有许多家卖报纸的,我总走到一位老妇的摊子光顾,她的背已驼,每天一早出来做生意,计算之精明,胜过在麦当劳收银的小子。

这些女人的生活背景无一个相同,但是在她们的嘴中永远挤不出一句话,那就是:"我们要求男女平等。"

写过一篇叫"颜善人"的东西,有线电视的人打电话给我,要我介绍这位九龙城的传奇人物,说要拍一辑纪录片。

颜善人的故事可以拍摄的材料很多,但还比不上另一个九龙城的小贩。

我从来不知道她叫什么名字,只知她带了大藤篮,在街边摆卖。

看内容,是几条薄薄的白色面巾,写着"祝君早安"四个红字。这种价钱最低廉的制品,流行至今,也有它的道理。摩擦在脸上的感觉是原始的、基本的、舒服的。不像高级素的面巾,水分永远挤不干,就算全部以毛线织成,还以为含有大量的人工尼龙。

小贩今年应该有八十几岁了吧,一头白发,面上有数不清的皱纹。太阳下山了,回去休息休息。

"阿婆,那么辛苦出来卖东西,能赚几个钱?"我经过她的摊子时,听到街坊的妇人好心相劝。

"够三餐,够三餐。"老妇笑着,"不,其实应该说够一两餐,年纪大了,吃的东西不多。"

"那领取政府救济金好了。"街坊说。

阿婆回答:"我还能动,留给那些更需要的人去拿,我要来干什么?"还能动?我看过她的背影,八着脚一步一步往前踏,哪说得上"还能动"三个字?

忽然,她像一支箭地飞奔。

原来有个年轻人经过,看她可怜,扔下一个十块钱铜板。

阿婆追了上来。那人转头一看,惊骇大叫一声,拔腿就跑。阿婆继续穷追,我也跟上去看热闹。

沿着贾炳达道,阿婆勇往直前,经启德道、打鼓岭道、城南道、龙岗道、南角道、衙前塱道、侯王道、狮子石道、福佬村道一共九条街。终于在联合道,给老妇逮着。

年轻人气喘如牛,脸色苍白:"你……你……想……想干……什么?"

"毛巾,拿去。"阿婆由藤篮中拿出几条"祝君早安",塞在那人手里。

年轻人接着,整个人瘫痪。

"谢谢。"老妇说完,笑了一笑。

两个太阳同时出现,几十个月亮、无数的星星在跳舞,天下的花朵一齐开放。蝴蝶、鸳鸯飞近,百兽跪下,天使拿着竖琴伴奏!

我从来没有看过那么美丽的女人。

轻视?尊敬还来不及呢。

沟 通 是 交 友 利 器

某出戏里需要用到一个古堡,我看了好多座,最后决定借用最阴森、最古老的罗哈城堡。

开门迎客的罗哈夫人,至少有八十岁了吧。她全身干枯,脸上汗毛长如胡髭,手指像蜘蛛的长腿,看了令人不寒而栗。

我说明了来意,她犹豫了一会儿,点头答应。临走前,她向我微笑道别,我似乎看到她唇后黑黄的尖牙。

一连几晚,在古堡城墙拍男主角偷袭的戏,到处要打光,需在各个窗口摆灯,我拜托罗哈夫人打开每扇房门。她一声不响,拖着一大串沉重的大钥匙,叮叮当当,与西洋恐怖片中拉着铁链的冤魂的形象和所发出的声音一模一样。

这么大的一座古堡,她一个人,别说打理,怎么住得下来也是个疑问。

因为麻烦她的事情太多,一个晚上,我禁不住说要请她到附近的乡里去吃一顿饭。她抬起头来:"不必了,要是你真的有这个意思,明晚,不如你在这里和我一起进餐。"

我吞了一大口口水,"咕噜"一声,没时间考虑,只好硬着头皮接受了她的邀请。

"九点整,你到地牢走廊的尽头来,就可以找到我。记着,我只准备你一个人的菜。"

她说完头也不回,抓着那一大串钥匙走远。

去还是不去,是个大难题。

为了工作,可以做出某种牺牲,但是,这、这、这……天哪!天哪!答应人家的事,总要做到,这是我做人的原则。虽说如此,老蔡,你知道多少人为了遵守原则而丧失老命吗?

这一夜和第二天的白昼,我都没有睡好。偶尔在行车路途中闭一闭眼,马上发现我的颈部大动脉有两个深不见底的洞,血已流尽,还能看到有小虫在蠕动,即刻惊醒。

约会的时间到了。我像被催眠了似的洗了个澡,穿上黑西装,打好血红的领带,走进古堡。乌鸦在夜啼,我下楼到地牢,进入一条无穷无尽的走廊,听到咿呀的声音,大门打开。

天,"女僵尸"穿了白色的晚礼服,像新娘子一样,拿着蜡烛在迎接我……

罗哈夫人引我进入一间数十丈长的巨室,由地上到天花板,至少有三层楼那么高。

一张可以坐四十个人的长餐桌,一头一尾,摆着两份古董银餐器。食物都已准备好,七道菜,没有一样不是冰冷的。这间房子里,唯一热的是我那张涨红的脸。

在长桌的末端坐下,皮椅背有一个大汉那么高,我像被人紧紧抓住。心很痛,似有根铁柱往下不断敲打。

"试试这瓶一九四〇年的红酒。""女僵尸"命令。

既来之,则安之,我想。死就死个痛快吧!不管酒里是否有蜈蚣爪、蝎子尾,我一口把那杯红酒吞下。

啊!甘醇如清泉,是我生平中未尝过的佳酿。

"人家在拍卖行中把它当宝贝。我的酒窖里,还存着五百瓶。你尽管喝吧,我一个人享用不了。"她的语调中,透着对死亡的感触。

三杯老酒下肚,我精神松弛了许多,也不理头上的灯罩是猪皮做的还是人皮做的,话多得很:"你的英语,是我遇到的西班牙人里讲得最好的。"

"我从小就有一个英国保姆。"她说。

"真的?"我顺口一问。

"当然是真的。你是在问我真的有一个英国保姆,还是在问我真的年轻过?"她打趣地反问。

我只有腼腆地赔笑。

烛光下,她已经不像上次见到那么可怕。

"朝如青丝暮成雪。这不是你们诗人的句子吗?每个人都年轻过,每个人也都会老。"她自言自语。

真想不到这个西洋老太婆对中国文化也有认识。

那晚,我们以东西方的诗词比较为话题,谈了很久很久。

"这么大的地方,为什么只有你一个人住?"我忍不住问。

罗哈夫人笑着回答:"不是我一个人,还有我的丈夫,他就埋葬在这个房间里。"

马上毛骨悚然。

"他在里面安息,算是在陪我。"

这老太婆为什么这么怪?

她好像看得出我心中的话,回答说:"什么事都不怪了,只要爱得深。"

想想有道理，也就不管它是什么了不起的事。

"你过来看看。"她由书架上取出一本很厚的相簿，把书本的灰尘吹散。

被时间染黄的照片中，她回到她的童年，长成一个美丽的少女，参加了第一次舞会。还有其他照片：她穿了短裙打网球，身体矫健丰满，长发飞扬着；英俊的青年走过来，两人对着镜头；庄严的婚礼，参加的人数过百；欢宴中叠成巨塔的香槟杯；乘坐"伊丽莎白皇后号"邮轮；路易威登的大型行李箱，有二十多只；布鲁克林铁桥下，他们打着伞在雨中散步；第一个婴儿诞生时，有五六个保姆；长大了的儿女们手中也抱着小孩，身边又是五六个保姆。

不知不觉，已过了两个小时。我站了起来向她告辞，并谢谢她给予的这样一个愉快的晚上。

"不,不,应该说'谢谢'的是我,中国人。"她抓着我的手,我感到一阵温暖。

她说:"你让我重温我的青春。我差点忘记有过那么一回事。"

走到门口,她叫着我:"你有没有发现,人与人之间要是有了沟通,什么丑陋的躯壳,也不会太难看了?"

我点点头,在她的双颊一吻。

之后,我们就没有看过老太婆,整座古堡给我们任意陈设成为富丽堂皇的布景。人烟一多,也带来了生气和活力。

一天,一个拿了网球拍、穿着短裙的活泼少女前来,我好像在什么地方看过她。她很甜地微笑,向我说:"我的曾祖母,叫我来这里陪你。"

当婚姻不牢靠，
不如洒脱一些做自己

如果每一个女人都像方太，那么天下就太平了。

做电视节目之外，她说话不多，但总是一针见血。对婚外情，她觉得"背叛"那两个字很吓人，其实夫妻两人并没有卖身给对方，出轨的人只是违反了对婚姻的承诺，而承诺这回事是一刻的，之后大家都会变。

方太离了婚，带着一群孩子，一手把他们养大，到最后，还要陪孙子们。她就是那么一个坚强的女人，一切都用肩膀扛着，不哼声，乐观地活下去。她也把这种生活态度传了下去。当今出书，由她的经验中，我希望每一个女人都能有收获，和她一样，别再一哭二闹三上吊了。

和方太深交，是在她做亚视的烹调节目的时候，她当年很红，由家庭主妇到的士司机都知道她是谁。有一次在饭局中，友人介绍我们认识，我向她说："你还是不适合用颜色太深的指甲油。"

方太即刻会意，也知道我看她的节目看得仔细，后来请过我上她的节目。

人家以为我只会写，其实我们半工半读的穷学生，如果爱吃好一点的，谁不会亲自动手呢？说煮就煮，我胆粗粗地上了她的节目。从来没有在众人面前表演过，但我也不怕，做的是"蔡家炒饭"，拿手好戏，放马过来吧！可惜没有录下来，不然重看，也会觉得我烧得还是不错的，但弄得乱七八糟的厨房，当然不会出现在电视画面上。

方太和我都住九龙城区，有时买菜相逢，我相约一起吃饭。有时飞新加坡也遇到她,每次都相谈甚欢。她时常教导我,比方煮青红萝卜汤,她说加几片四川榨菜即能吊味。照做了,果然效果不同。

有方太这个朋友真好,她会处处保护你。《方太广场》是一个有观众的现场节目,有次做完节目,一个八婆问:"你认识蔡澜吗?"

"认识呀。"方太回答。

"他是一个咸湿❶佬呀!"八婆说。

方太语气冰冷:"他看人咸湿,对方要是你的话,你可得等到来世了。"

---

❶咸湿:粤语方言,好色之意。

不 被 世 俗 束 缚 的 人 最 年 轻

十六年前，鳄渊晴子已经发表了她的裸体写真集，内容比较我们最近看到的还要大胆得多。

鳄渊来头不小，她父亲是个著名的小提琴家，所以她从小就拉得一手好小提琴，在三十多年前就主演了一部《小信坐上云端》的电影，表演她最拿手的琴艺。

不过，鳄渊一生的路途并不平坦，她拒绝给人家安排她的生活，在一九六六年曾经失踪过一个时期，当时追求她的公子哥儿一大群，结果她嫁给"服部时计店"的少东。你到银座，在最旺的十字街头有个钟楼，那间最高级的店铺就是服部时计店。

不到六个月，她就和丈夫离婚了，理由又是不想被束缚。

拍裸照的时候有人批评她说不会演戏才脱衣服，但是鳄渊不在乎，继续拼命工作来表现，甚至发觉自己患上子宫癌，还是不眠不休地演舞台剧，本来医生们已经断定她没有命的，可是她坚强地活了下去。

今年她已经四十一岁了，在新桥演舞场主演《好色一代男》中的一个会拉小提琴的艺伎。鳄渊还是很天真地说："我的悟解力比人家慢，所以到现在还以为自己十五六岁。"

靠人 不如靠己

这次在东京影展,区丁平导演的影片得了几个奖,日本合作公司的老板大宴客,吃完还带我们去一家小酒吧。

进门,妈妈生笑脸欢迎,酒吧总少不了这些上了年纪的女人。好在,她身后是两位样子蛮漂亮的姑娘,二十年华,奇怪的是,长得一模一样。

"这是妈妈生的两个双生女儿。"合作公司的老板解释。

"亲生的?"我问。

"亲生的。"

好,一家人,由母亲带两个亲生女儿开酒吧,这倒是中国家庭罕见的。

妈妈一杯杯地倒酒,两个女儿忙得团团乱转,食物一盘盘奉上,并非普通的鱿鱼丝或草饼之类,而是做得精美的正式下酒小菜,非常难得。

酒吧分柜台、客座和小舞池三个部分。舞池后有一个吉他手,双鬓华发。有了他的伴奏,这酒吧与一般的卡拉OK有别,再不是干瘪瘪的电器音乐。

起初大家还是正经地坐着喝酒和谈论电影,妈妈生和两个女儿的知识很广,什么话题都搭得上,便从电影岔开,渐进诗歌小说音乐。老酒下肚,气氛更佳,再扯至男女灵欲上去,无所不谈。

两个女儿轮流失踪到柜台后。啊,又出现一碟热腾腾的清酒蒸鱼头。过了一会儿,再捧出一小碗一小碗的拉面。一人一口的分量,让客人暖胃。

"来呀,唱歌去。"妈妈生拉了梁家辉上台。

家辉歌喉虽然不如张学友,但胜于感情丰富,表情十足,陶醉在音乐之中。再加上吉他手配合曲子的快慢,唱完一首情歌,大家拍手。

"遇到唱得不好的,我们不要客气,一定要把他拉下来,不然自己找难受。"我向双生女的姐姐或妹妹的其中一个说。她是主人,不能得罪客,有这个机会,当然举手赞成。好在下一个庹宗华,是个职业歌手,当然唱得不错。他来一首西班牙舞曲,大家拍掌伴奏。妈妈生跑进去拿了两个响葫芦让女儿们摇,两姐妹开始唱歌,声线好得不得了,专选难度最高的歌来唱,已是专业水准。

妈妈生又拿出些敲打乐器分给大家,女主角富田靖子得了大奖本来已很激动,现在更见疯狂地和区丁平跳着舞。

大家在兴高采烈时,妈妈生忙里偷闲,坐在角落的沙发上。

"你是怎么去想到开这家酒吧的?"我问。

她开始了动人的故事:"我们一家四口,过着平静的生活。我丈夫在银行里做事,很少应酬,回家后替女儿补习功课。吃完饭,大家看电视,就那么一天一天地,日子过得好快。

"忽然,有一晚他不回家,第二天影子也不见。我们三人到处打听,也找不到他的下落。接到警方通知,才知道他上过一次酒吧,就爱上了那个酒吧女。为了讨好她,最后连公款也亏空了,那女人当然不再见他,他人间蒸发。

"丑闻一见报,亲戚都不来往,连他的同事和朋友,本来常来家坐的,也从此不上门。

"整整的一年,我们家没有一个客人。直到一天,门铃响了,打开门是邮差送挂号信来,我们母女三人兴奋到极点,拉他到餐桌上,把家里的酒都拿出来给他喝,我那两个乖女又拼命做菜,那晚邮差酒足饭饱地回去,我们三人松懈了下来,度过了比新年更欢乐的时光。

"邮差后来和我们做了好朋友,他又把他的朋友带来,他的朋友再把他们的朋友带来,我们使尽办法,也要让他们高高兴兴回家。

"没有老公和父亲的,原来不是那么辛苦的。

"朋友之中,有些也做水商卖的。你知道的,我们日本人叫干酒吧的人做水生意的人。

"一天,我两个女儿向我说:'妈妈,做水生意的女子,也不是个个都坏的。'

"我听了也点点头。女儿说:'妈妈,靠储蓄也坐吃山空呀。我

们这么会招呼客人,为什么不去开家酒吧?'

"'好,就这么决定,'我说,'把剩下的老本,通通扔下去。'你现在看到的,就是了。和我们自己的家,没有两样。"

妈妈生一口气说完,我很感动,问道:"那你这两个千金不念大学,不觉得可惜吗?"

"她们喜欢的是文科,理科才要念大学,文科嘛,来这里的客人都有些水准,向他们学的,比教授多,比教授有趣。"妈妈生笑着说,此话没错。

"那么她们的爸爸呢?有没有再见到?"

"有。"妈妈生说,"他回来求我原谅,我把在酒吧赚到的钱替他还了债。其实当时也不是亏空很多,是他胆小跑路罢了。但是我向他说,有一个条件,那就是他一定要去找一个一技之长的职业,能自己维生,再来找我。"

"他做到了吗?"

"做到了。"妈妈生说。

"那么现在人在哪里?"我追问。

"那不就是他。"

妈妈生指着伴奏的吉他手。

离开 错的人，
去过 自己喜欢的 生活吧

我们的旅行团，在日本用的巴士都是最好的，司机驾驶全无事故记录，费用高昂，但很值得。

这种巴士都包了一名导游小姐，从上车到回酒店，讲解不停，又要依照客人要求唱歌，并非易事。

我们用熟的有两个年轻的，到东京调到东京，去大坂也要她们来客串，大家混得很熟，沟通起来方便。但这次去，不见了其中一名，她刚结婚，但也出来做事的呀。

"是不是有了孩子?"我问另一个。

"不,不,她已离了婚。"

"那么快?不到六个月呀!"

"发现不对,愈早愈好。这是我们这一代人的看法。"她回答得干脆。

"怎么不回来?"

"她当肚皮舞娘去了。"

"肚皮舞?"我诧异。记忆中的她,没有魔鬼身材,面貌再过一百年,也称不上一个"美"字。

"是呀!我也在学,当今日本最流行的了。"她说。

看看她，与另一个的意见相同，怎么可能又去跳肚皮舞？

"在什么地方表演？"我问。

"青山。你有兴趣，今晚送完客人，带你去？"

在一座商业大厦的地下室，传出剧烈的中东音乐，走进去，挤满客人，舞台上有六七个肚皮舞舞娘摆动着腰，衣着稀薄，但并不十分暴露，肚皮和大腿，可尽在眼前，有个长发的，左右挥动，非常诱人。咦？那不是我们的巴士导游小姐是谁？

从台上望到我，向我挤挤眼，用手做个等等的姿势，她继续跳舞，我和女伴在酒吧前找个位子坐下，她也随着音乐在摇动身体，和平时看到的她不同起来。

音乐从快到慢，又由慢到快，舞娘们一个个支撑不住，走下台来，只剩下巴士小姐，愈跳愈猛，客人不断地拍掌喝彩鼓励，她用下半身向观众挑逗性迎来，颤抖得厉害。

忽然,灯光全暗,一切停止。

重开灯时,看到巴士小姐用毛巾擦着汗,向我走来。

"你怎能跳得那么久?"我劈头就问。

"你以为当巴士小姐那么容易吗?"她说,"做你们的工作我虽然不必讲解,但是从出发到收工,你有没有看过我坐下来的?单是靠这种脚力,我已比其他舞娘强。"

"为什么要离婚?"

"结了婚丈夫的态度一百巴仙转变,对我呼呼喝喝,我问他为什么,他说看到他爸爸叫他妈妈也是那个样子的。他不懂其他办法对我,给我大骂后他哭了,这时,我已决定他是一个永远长不大的孩子,我要嫁的是一个男人,不是孩子。"

"你从小就喜欢肚皮舞这门艺术?"

"不,有个晚上来到这里,看到我的一个邻居在这里跳,她不过是一个普通的家庭主妇,她能,我想我也可以。"

"那么容易吗,肚皮舞?"

"依着印度舞的传统,当然很难,我们跳的是自由式,跟着音乐自由发挥。"

"客人会认为你不正统吧?"

"正统和不正统,很难有界限,一切要自然,要美,肚皮舞很多种,人家以为来源是印度,其实是中东人,伊朗、伊拉克等地方开始的,后来又有了吉卜赛人的方式,都是东抄西抄,没有多少专业的人看得出什么叫正统。"

"最难学的是什么动作?"

"摆腰最容易,会情爱的女人都懂得这个动作,豪放就是,够体力就是。摇动胸部最难，乳房是两团不可控制的肥肉。普通的女人都不知道怎么去动它，要把胸部一个向左转，一个向右转，可得学好多年才会。"

"也得要有点身材呀！"我说。

巴士小姐笑了："开始，也有很多人向我说，你根本不是一块跳肚皮舞的料子，你太瘦了。没有的东西，我用下半身来补足。只要我摇得比其他人剧烈，观众就会服我。我当然不会自扮清高，如果你说肚皮舞是纯粹为了艺术而发明，那是骗你的。"

"为什么肚皮舞现在在日本那么流行？"

"主要的原因，是女人解放了。女人可以透过肚皮舞来表现自己，不必在办公室里替男同事倒茶。这个机会我们日本女人等了很久才来到，我终于能够脱下制服，让男人知道我性感起来，可以多么犀利。"

我完全同意她的见解:"如果有香港的女人要来学肚皮舞,有什么门路?"

她拿出张纸写了Mishaal的名字,email address:cooumikahina@ybb.ne.jp。另一个是Miho,http://blog.livedoor.jp。还有一个叫Akiko,www5.ocn.ne.jp。

"发个电邮去查问好了。"巴士小姐说,"她们都乐于教导,学费不是很贵,肯学的女人,会发现她们有力量把人生改变。"

音乐又响,她向我做个飞吻,又上台表演去了。我祝福她。

知足者 常 喜乐

朱伯伯是个有福之人,阿心姐为他服务了三十多年。家中两位公子当今是广告界的名人朱家欣和朱家鼎,都是由阿心姐带大的。

一家人也对阿心姐很尊敬,两兄弟长大后却不叫阿心姐,改口称她为"老臣"。

阿心姐是广东人,这些年来,她成为浙江菜高手,所做的鲥鱼,比上海人更上海。

不大见阿心姐放假，但她一个星期总和几位姐妹聚一聚，大家出一份积蓄，在钻石山买了间小屋子，乐融融地叙旧。

朱伯伯夫妇到了美国几年，阿心姐也清闲了一阵子，现在两位老人家返港定居，阿心姐也照样回来服侍他们，好像没有停过。

阿心姐的特征是爱笑。就算什么小事都能让她开心一阵子。

偶尔，她也和朱妈妈及几位邻居打几圈小牌，她脾气好，输赢总是笑哈哈地，露出几颗金牙。

"阿心姐，现在金那么贵，小心晚上给强盗拔掉。"

我常喜欢打趣。

阿心姐又笑得从椅子上掉下来。

看她样子，比我幸福得多。

做人 先要 有礼貌，
温柔 就 跟着来

"银座有几千家酒吧，你去哪一家？"

这次农历新年旅行团，最后一个晚上吃完饭后目送团友回房睡觉，我独自走到帝国酒店附近的"Gilbey A"去。

主要是想见这家酒吧的妈妈生有马秀子。有马秀子，那时已经一百岁了。

银座木造的酒吧，也剩下这么一家吧？不起眼的大门一打开，里面还是满座的,日本经济泡沫一爆已经十几年,银座的小酒吧有几个客人已算是幸运的,哪儿来那么热烘烘的气氛?

这家酒吧以前来过,那么多的客人要一一记住是不可能的事,她开酒吧已经五十年,见证了明治、大正、昭和、平成四个时代的历史。

衣着还是那么端庄,略戴首饰,头发灰白但齐整,有马秀子坐在柜台旁边,看见我,站起来,深深鞠躬,说声欢迎。

几位年轻的吧女周旋在客人之间。

"客人有些是慕名而来,但也不能让他们尽对着我这个老太婆呀!"有马秀子微笑。

说是一百岁,样子和那对金婆婆、银婆婆不同,看起来最多是七八十,笑起来给人一种很亲切的感觉。

坐在我旁边的中年男子忽然问:"你不是《料理的铁人》那位评判吗?"

我点头不答。

"他还是电影监制。"这个人向年轻的酒女说。

"我也是个女演员,姓芥川。"那女的自我介绍,听到我是干电影的,有兴趣起来,坐下来问长问短。

"那么多客人,她不去陪陪,老坐在这里,行吗?"我有点不好意思。

"店里的女孩子,喜欢做什么就做什么。"有马秀子回答,"我从来不支使她们,只教她们做女人。"

"做女人?"我问。

"唔。"有马秀子说,"做女人先要有礼貌,这是最基本的,温柔就跟着来。现在的人很多都不懂。像说一句谢谢,也要发自内心,对方一定感觉到。我在这里五十年,送每一个客人出去时都说一声谢谢,银座那么多家酒吧不去,单单选我这一家,不说谢谢怎对得起人!你说是不是?"

我赞同。

"我自己知道我也不是一个什么美人坯子。"她说,"招呼客人全靠这份诚意,诚意是用不尽的法宝。"

有马秀子生于一九〇二年五月十五日,到了二〇〇二年五月十五日满一百岁。许多杂志和电视台都争着访问,她成为银座的一座里程碑。

从来不买人寿保险的有马秀子,赚的钱有的吃有的穿就是。丧礼的费用倒是担心的,但她有那么多的客人,不必忧愁吧?每天还是那么健康地上班下班。对于健康,她说过:"太过注重自己的健康,就是不健康。"

那个认出我的客人前来纠缠,有马秀子看在眼里:"你不是已经买单了吗?"

这句话有无限的权威,那人即刻道歉走人。

"不要紧,都是熟客,他今晚喝得多了,对身体不好,是应该叫他早点回家的。"有马秀子说。

我有一百个问题想问她,像她一生吃过什么东西最难忘?像她年轻时的罗曼史是什么?像她对死亡的看法如何?像她怎么面对孤独?等等。

"我要问的,您大概已经回答过几百遍了。"我说,"今天晚上,您想讲些什么给我听,我就听。不想说,就让我们一齐喝酒吧。"

她微笑,望着客人已走的几张空凳:"远藤周作最喜欢那张椅子,常和柴田炼三郎争着坐。吉行淳之介来我这里时还很年轻,我最尊敬的是谷崎润一郎。"

看见我在把玩印着店名的火柴盒,她说:"Gilbey名字来自英国金酒的牌子。那个A字代表了我的姓Arima,店名是我先生取的,他在一九六一年脑出血过世。"

"妈妈从没想过再结婚,有一段故事。"酒女中有位来自大连,用国语告诉我。

有马秀子好像听懂了,笑着说:"也不是没有人追求过,其中一位客人很英俊,有身家又懂礼貌,他也问过我为什么不再结婚,我告诉他我从来没有遇到一个像我先生那么值得尊敬的人,事情就散了。"

已经到了打烊的时候,有马秀子送我到门口,望着天上:"很久之前我读过一篇记载,说南太平洋小岛上的住民相信人死后会变成星星,从此我最爱看星。看星星的时候,我一直在想,我先生是哪一颗呢？我自己死后又是哪一颗呢？人一走什么都放下，还想那么多干什么？你说好不好笑？"

我不作声。

有马秀子深深鞠躬，说声谢谢。

下次去东京，希望再见到她。如果不在，我会望上天空寻找。

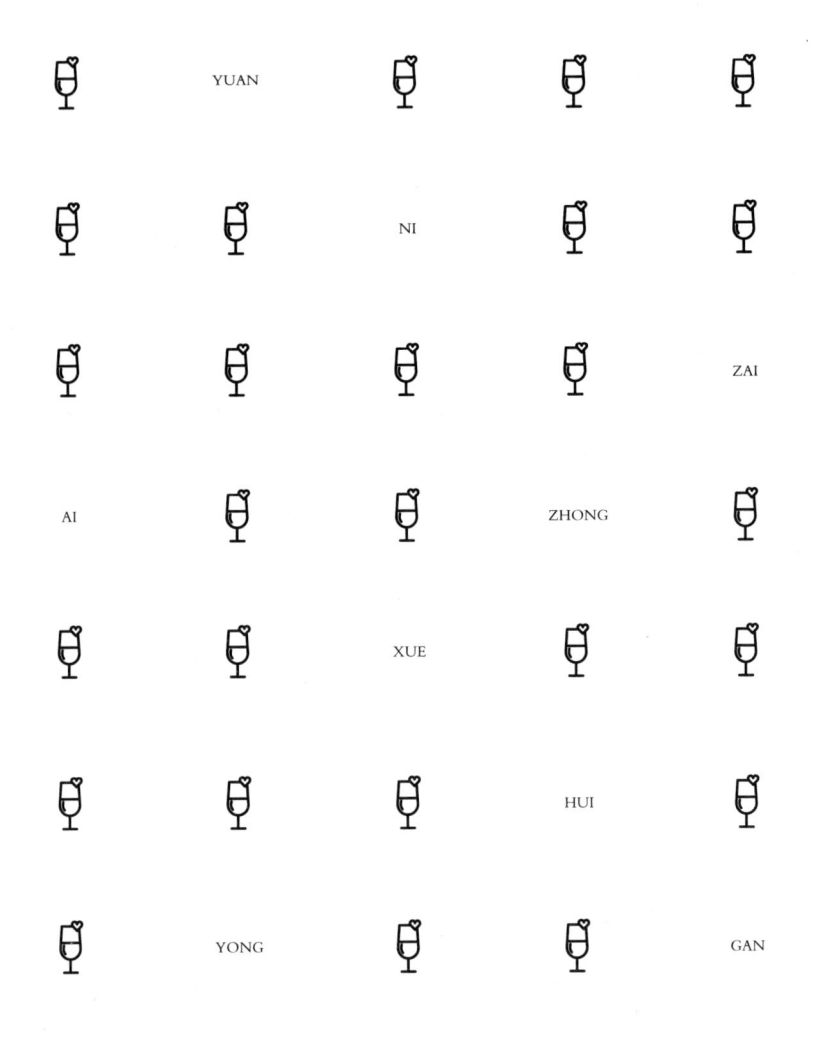

🍷 YUAN	🍷	🍷	🍷
🍷	🍷	NI	🍷	🍷
🍷	🍷	🍷	🍷	ZAI
AI	🍷	🍷	ZHONG	🍷
🍷	🍷	XUE	🍷	🍷
🍷	🍷	🍷	HUI	🍷
🍷	YONG	🍷	🍷	GAN

辑四

愿你在爱中
学会勇敢

二十条最不可抗拒的魅力

有则外电报道,说英国的一项研究,访问了四千个男女,各自列出异性二十种最不可抗拒的魅力,结果是女的认为男性的微笑最厉害;而男的认为女性的身材,是最难招架的。

哈哈哈哈,微笑谁不会呢?而女性的身材,不喜欢起来,多好也没用呀!

在男性的二十种之中,我跑到浴室去照照镜子,自问自答:第二位的幽默感,我认为自己是有的。其实大部分把肉麻当有趣的男人,都以为自己拥有的是幽默感。

第三的体贴,那要看对方是什么人,有些八婆阴阴湿湿❶,奄尖夹腥闷❷,怎么去体贴?

第四的慷慨,当今我有点条件。我做穷学生时也颇慷慨,有朋自远方来,拼命请客,他们走了之后,捱一个月即食面的事倒也是有过。

第五的聪明,我自认缺乏。

第六的亲切,和第三的体贴一样,视人而定。

第七的懂自嘲,那是我无时无刻不在做的。

---

❶阴阴湿湿:粤语方言,阴湿指为人阴险。
❷奄尖夹腥闷:粤语方言,指因为人挑剔而花样百出。

第八的放肆和调皮，我天生俱来，到了这个年纪，还在捣蛋。

第九的爱家庭，自问我孝心十足。

第十的健康体魄，全不及格。我这种抽烟喝酒不运动的人，谈什么健康体魄呢?

第十一的专注，我只对自己喜欢的事物专注，念书时数学没及格过。

第十二是眼神有长时间一点接触，我也有。别误会，那是因为我老花。

第十三是热情，这我已经退化了。

第十四是强壮臂弯。又不是大力士，有什么好? 不如以持久来代替吧。

第十五是对小朋友友善，那是应该的，但对那些又丑又作怪的小鬼，怎么伪笑得了？

第十六是积极，是我做人的态度，受之无愧。

第十七是穿西装有型，那是由别人来判断的，自己怎么认为自己有型，都是假的。

第十八是自信，我每天都在学习新事物，累积下来，活到了这个阶段，才有一点。

第十九是宽阔肩膀，有了又如何？

第二十是留有须根，那还不容易，几天不刮胡子就行。当今留了须，算不算在里面？

至于男性认为女人不可抗拒魅力也有二十条，第一的美好身材，对于我，并不重要。

第二的乳沟，有些我还不屑一顾呢。太大的胸部，也让人联想到每一个部位都大。

第三的幽默感，啊，的确有魅力，这是我要求女人必具的条件。

第四的咧嘴而笑，要看对方牙齿整不整齐。

第五的逗人发笑，是丑女最大的武器，连这个也没了，就失去了求偶的希望。

第六的丝袜和吊袜带，有了更好，没有的话也不影响性的冲动。

第七的可爱傻笑，很好呀，有些时候，少了一条脑筋的女人，笑起来的确可爱。

第八的香味，最好别搽贱价的香水。一个摄影师曾经问我，女友身体很臭，怎么办？我回答说爱上就不觉得了嘛！难道你要把羊奶芝士洗了之后再吃吗？

第九的懂得自嘲,那是幽默感的一部分,重要的。

第十是可靠,有哪个女人可靠了?没听过天要下雨,娘要嫁人这句古语吗?不害你已经谢天谢地,其实男人也是一样。

第十一是短裙,当然比遮掩起来好看,但也要看对方的腿粗不粗才行呀。

第十二是长靴,那也要看她们的腿长不长呀。有被虐狂的男人,会特别喜欢吧,我看到随街都是穿长靴的矮肥女人,有点倒胃。

第十三是邻家女模样,这最骗人了。和邻家女青梅竹马,没上过战场的男人,一碰到更好的,就临老入花丛。

第十四的是爱搞鬼,不错不错,调皮捣蛋的女子,总好过死死板板的。

第十五是长腿,这我举手赞成,但要配上腰短才行,东方女人多数是相反。

第十六乐观,其实不应该排在第十六,排在第二三才对。

第十七是好的聆听者,这也很不可靠,起初也许扮得出,女人一与你混熟后,多是喋喋不休的。

第十八是知性对话,很重要。

第十九凝视的眼神,那是她们拍照片时的招牌技巧。

第二十善于理财,这不是什么魅力,是她们天生的。

最后,觉得很奇怪,互诉对方的魅力,怎么不提有没有钱?真那么清高吗?大概访问的对象,都是有情饮水饱的十七八吧?

谁 不偏爱 努力 的 女孩儿

在电视节目中，合作过的众多女主持，我对Amanda S.特别好。这都是因为她本人个性纯真，做事力求上进，勇于尝试各类美食，一点也不做作，扭捏。

Amanda是位混血儿，爸爸法国人，姓Strang，妈妈来自中国台湾，国语和法文当然难不倒她，但一讲广东话，就不太灵光。起初在节目中我们说得太快，她跟不上，我对制作的要求又很严格，让她对我相当害怕。

但每次拍摄，她都有所表现，说出对食物的独特观念，粤语也越来越进步，令我刮目相看。过程中她也明白到我对年轻人的爱护，所以每次拍摄，大家的笑声非常之多。

这小妮子定下目标，在三十二岁的二〇一一年要完成两件事，一是开甜品店，之前她到法国蓝带学院进修，跟随名家实习，绝非乘直升机降落，而且花的都是自己当模特儿时辛辛苦苦赚回来的钱，从不靠别人协助。

甜品店终于在IFC（香港国际金融中心）开幕，生意滔滔，我们都放下一百个心。另一个心愿就是和拍拖八年的意大利籍男友结婚，日子很好记，定在九月十一日。

Amanda曾经告知很多关于她爸爸的事，是位商人，但具有浪漫的性格，爱上东方，在各地工作，漂泊不定，永远觉得自己是一个小孩子。说过的话也像儿童一样，不一定算数，万一在结婚那天不出现，也大有可能。她要我答应她，到时我要代替她父亲，陪伴着她走下阶梯。

之前，先在香港办了一次注册结婚，小型的派对，只有少数人出席，遇见男方的父母，但看不到Amanda的父亲，又增多了她一份忧虑。

母亲来了，是一位优雅的妇人，活泼得很，非常健谈。我笑说要是伍迪·艾伦（Woody Allen）见到，一定爱上岳母多于新娘，他曾在一篇小说中谈过这个故事。

婚礼的前一个晚上，在罗马的餐厅举办欢迎贵宾晚餐，Amanda来自香港的伴娘们依照中国传统闹新郎和他的伴郎，要他们戴上三角裤当帽子，以及看看对方出多少钱才能看到新娘，等等。弄得好不热闹，外国男子看了也啧啧称奇，庆幸自己不必遭此老罪。

餐厅由一个老监牢改建，食物相当丰富。吃饭间来了一位身材很高的法国人，上了年纪也没有发胖的迹象，一头白发也不秃落，飘飘逸逸，年轻时一定英俊迷人，这就是Amanda的爸爸了。我见到他就放下一百个心，看到Amanda也一直流露出幸福的微笑。

轮到我发难，我说："在监牢里来个婚礼的前奏，不错呀，至少知道结婚是怎么一回事。"

Amanda的父亲听了大笑，拍着我肩膀："我喜欢你。Amonda告诉过我你很多事。"

她爸爸和妈妈都用法语那么叫她，Amanda变成Amonda，听起来是阿蒙达。

大家又喝酒又吃饭，兴高采烈，静下来时，她爸爸向我说："这女孩子从小有她自己的想法，一有和我不同的见解，就要辩论。我告诉她，知识方面你可以和我辩论，但在经验方面，你辩论不了。她一直记得，所以她很服你。我也把你当成好朋友，我们是一家了。"

这时Amanda来插嘴，问我谈些什么？她爸爸指着我，说："爸爸二号。"

Amanda听了摇头，说："不，是男友一号。"

妈妈多喝了两杯，虽然酒量很好，但也兴奋，跟我说："Amanda的朋友们都很老成，还是我们年轻人一齐去玩吧。"

我没有问题，她又说："有些人适合谈恋爱，不适合当夫妻。也没有谁怨了谁，对离婚这件事，也不必强调了。"

翌日，正式婚礼举行，地点在Villa Aurelia，在十七世纪由当年的一个红衣主教建成，后来传给了一位英国将领的美籍太太，最后捐出来当成罗马美国学院的产业，可以让私人在当地举办学术研究会和婚礼。

离开市中心有二十分钟的车程，这座巨大的庭院有一座老建筑，是举办婚礼的理想地点。

两百多名贵宾杀到，在古木参天的花园中开始了一场庄严又有甜蜜气氛的礼仪，由一个老得不能再老的神父主持，说话时颤颤抖抖，和憨豆先生一样搞笑。

九月的下午太阳还是炎热，大会准备的纸扇让女士扇风，我从和尚袋中拿出自己画的扇来，惹得洋女们都好奇地抢来看。

过后在花园喝酒，天空的蓝，比大溪地的海还要蓝。蓝天逐渐转入更深的蓝色。灯光照耀着大树，婚宴开始，新婚夫妇说完话后伴娘伴郎又来开玩笑，食物丰富，一道又一道，亲友们中有开酒庄的，香槟开个不停。

有醉意，大家走进古建筑，大厅中已摆着Amanda亲自设计的五层蛋糕，切后新娘新郎起舞，是华尔兹，一对金童玉女，羡煞不少单身的人。

接着的士哥音乐开始，请来个著名的DJ打碟，大家纷纷起舞，但是跳得最起劲的还是Amanda爸爸，他不管流行的什么舞步，一律以他自己最熟悉的Twist（扭扭舞）来跳，为全场最快乐，也是最年轻的一个人。

自信又迷人的女人，老得优雅，老得干净

香港女人有香港女人的好看、耐看。

通病当然是有的，南方女子的个子矮、鼻扁平，身材绝不丰满，又因为夏季太长，日照时间多，皮肤一般都没有北方女子那么洁白。

但香港女人胜在会打扮，衣着的品位也甚高，就算不是名牌，颜色配搭得极佳，不相信你去中环走一圈，即刻和其他地方的女人分出高低。

外表还在其次,最重要的是自信,香港女人出来工作的概率较任何地方高出很多。女人赚到了钱,不靠男人养,自信心就涌了出来。

有了自信,香港女人相对上很少去整容,大街上也看不到铺天盖地的整容广告,没有韩国那么厉害。

韩国女子的条件比香港好得多,她们源自山东,有了美人的基因,她们腰短腿长,皮肤细嫩,身材丰满,但她们拼命去整容,是缺乏自信心的问题。

香港女人绝对不会高喊男女平等的口号,香港本身就不会重男轻女,你看所有高职都有女人担当就知道。

但是有自信了就看不起男人,这也是毛病,诸多挑剔之下就嫁不出去,不过单身就单身,当今是什么时代了,还说女人非嫁不可?

嫁不出去也可说是缘分未到,迟婚一点又如何,我有许多朋友的老婆都比他们大,但只要合得来就是,这是两个人的事,谁会嫌法国总统的太太老了？

为结婚而结婚才是悲剧，已经快二十一世纪了，还要纠缠这个不合理的制度干什么？单身又快乐的女人才是真正有自信的女人，女人赚到了钱，就可以像从前的男人娶小老婆，小鲜肉需要她们去养。

柔情是女人最大的武器，许多娶丑老婆的朋友，都是他们在最脆弱的时候娶的。当真需要一个伴侣时，就不会去管别人说些什么。

外表再好看，也比不上气质，气质从哪里来？气质从读书来。古人说一日不读书，则语言无味；三日不读书，面目可憎，是有道理的。

能多读书，任何话题都搭得上嘴。书本不但让人知识丰富，还让人懂得什么叫谦卑，有了谦卑，人自然好看起来。

所谓的读书，不一定是四书五经。读书只代表了一种专注，一心一意地把一件事情做好，经过长时间的刻苦训练，也同样认识谦卑，卖豆腐也好，做菜也好，把厨艺弄得千变万化，也可以让人觉得可爱。

女人不断学习，不断地找事情做，就不会显得老，皱纹并不是一种要遮掩的丑事，人只要老得优雅，只要老得干干净净，就好看、耐看的。

看世界前线的女人好了，欧洲央行行长克里斯蒂·拉加德（Christine Lagarde）满脸皱纹，一头全白的银发，身材虽然枯枯瘦瘦，还不是照样很耐看！

矮矮胖胖的德国总理安格拉·默克尔（Angela Dorothea Merkel）做了多年，也没被人赶下来，人怎么老也有个亲切的样子，没有人会耻笑！

在东方，韩国外交部部长康京和也没整过容，一头灰白色短发配上枯瘦的身材，不卑不亢地和各国政要打交道，也绝对不需要光顾整容医生。

这些站在国际舞台上的女人，有个共同点，都心术很正。一走邪路，样子即刻显得狰狞。

所以相由心生这句话是有道理的，女人的美丑，完全掌握在她们自己手里，外表再好看，衣着再有品位，也改变不了她们内心的丑恶。

虚荣心是可以原谅的，香港女人要表现她们在人生的成功，就算买一两个名牌包包，这和男人一赚到钱就要买一只劳力士表戴，再下来买一辆奔驰车一样。

只要增加她们的自信，一切无可厚非，就连整容也是，工作上有需要，像表演行业，要整就去整吧，但绝对不能贪心，今天整这样，明天整那样。整容会上瘾的，你没有看到那些什么明星，越整面孔越硬朗，嘴巴也越来越裂，再下去就变另一个小丑了。

好在一般香港女人都有自信心，她们一有时间便会去旅行，学习别人怎么做菜，学习别人怎么把这一生过得更加快乐。

希望她们不要变成美国女人，男士们优雅地替她们一开车门，就会被喝："我不会自己打开吗？"

希望香港女人一天美得比一天更好，希望她们保留着那颗善良的心，一直耐看下去。

放手，让孩子 去 成长吧

好友家中有三千金，分别为七、八、九岁，都长得可爱。

"十年后，我就退休，"他说，"全职看管我的女儿。"

看他，想起去年过世的哥哥，爱女如命。女儿到了有月事的年龄，哇哇大叫，担心得天就快塌下来的他，闹得不可收拾。

女儿长大后要出门，他吩咐她说："十点钟之前一定要回来。"

外国留学后返家,去看电影,吩咐她说:"十一点钟之前一定要回来。"

一转眼,女儿已三十,还左挑右挑的。这时,大哥吩咐她说:"今晚在朋友家过夜也不要紧。"

爱心、道德观,都是想出来的东西,随时间和环境改变,死守,烦恼便多了出来。

庆幸自己没有女儿,才能说风凉话,要是有了,说不定门都不让她们踏出一步。

做爸爸的,都是怪物。

所谓的"生活",是生活的一部分呀。女儿长成,难道不让她们生活吗?

一直担心她们让人家欺负,把生活变成虐待,自己正常吗?

谁会知道,她们不在欺负别家的儿子?

也许不担心的,只有外星人吧。

当今年代,应该担心她们有没有沦落毒海,多过健康的生活。

另一位友人,是黑社会大哥,也有二千金,向我说:"谁去碰她们一根毛,谁就残废。"

听了毛骨悚然,当年嘴巴无毛,约周围少女,情到浓时在车厢后鬼混,好在她们的父亲都是白领阶层,不然就残废了。

关于 王尔德 一些不论好坏 的 观点

王尔德在《杜连歇尔的肖像》序中说:"艺术家是美的创造者。没有所谓有道德的书,或不道德的书,只有写得好与写得坏的分别罢了。"

他的一些观点,不论好与坏,与众不同。

处世:我对任何事都没有赞同或不赞同。要批评人生是一种荒唐的态度。人到世上不是来创造道德的偏见。庸俗的人讲话从不注意,有趣的人所做的事我从不干扰。如果我喜欢一个人,不管这个人用什么方法表现自己，我都欣赏。

青春：要获得青春，那么我们必须重复以往所做的蠢事。

价值：现代人知道每一种东西的价钱，但不懂每一种东西的价值。

男人：一个主宰自己生命的人，可以很容易地丢弃悲怆，也同样容易地创造欢乐。

女人之一：只要一个女人看起来比她的女儿还年轻一岁，她一生便不抱怨。

女人之二：女人改变男人的唯一手段，就是将他们闷到抽筋，对一切都失去兴趣。

女人之三：怀旧的好处是事情已成为过去。但女人从来不知道何时闭幕。当戏演完，她们还要坚持看下去。要让她们随心所欲，那么每一出喜剧就变成了悲剧收场，每一出悲剧都变成滑稽戏了。

恋爱之一：当一个人恋爱的时候，这个人开始时欺骗自己，结束时欺骗对方。

恋爱之二：一生中只恋爱一次的人，是浅薄的人。此种人认为的诚实和忠心，在我看来是一种死沉沉的习惯，缺少幻想力。

婚姻：男人结婚，是因为他们疲倦；女人结婚，是因为她们好奇。结果两者都失望。

孩子：孩子开始时爱他们的父母，长大后批判他们，有时还原谅他们。

诱惑：消除诱惑的最佳办法，就是向诱惑屈服，不然，你的灵魂会生病。

影响：一个人绝不能影响另一个人，这个人只可以将另一个人内心所有的东西引导出来罢了。

写给 大龄女青年 的话

网上看到一篇最新的《无价的忠告》,是写给大龄女青年看的,试译如下:

一、抛开不重要的数字,这包括你的年龄、体重、身高和三围。让医生替你担心这些数字吧!不然付钱给他们干什么?

二、尽量和别的八婆交朋友,太过正经的会把你闷死,在你还没有闷死之前,找不到朋友的话,可以找精神分析医生。

三、不停学习，学计算机，学插花，学陶艺，学茶道，学任何你有兴趣的东西。外国有一句话说：一个空闲的脑，是魔鬼的工作室。而这个魔鬼时常化名为"老年痴呆症"。

四、享受简单的生活，这包括睡午觉、一整天不做事，只是躺在沙发上看电视，连遥控器都懒得按。

五、多笑笑，笑得太大声也不要紧，反正你房间没人可吵。你的邻居，只当你是疯婆罢了。

六、凡是遇到悲哀，大哭一场好了，反正你房间没人可吵。你的邻居当你是疯婆，也惯了。

七、尽量接触你喜爱的东西，这包括你的宠物。如果你养的是一只母狗，那么替它找一只公的，别让它像你一样变成一个老大龄女青年。

八、注意你的健康状态：如果是好的，尽量保持；要是不安定，尽早去找医生，包括那个整容的。别以为整个身体生这个生那个，你的身体没有癌症，是你的脑筋有问题。

九、有什么就吃什么吧！这是大龄女青年的专利。胖了又如何？反正没人要，不要存一线希望而去减肥，那多痛苦！

十、别迷信灵和欲不可分开。有机会谈情的话，总比独守空房快乐得多。

男人 和 婚姻一样 无聊

听到某位朋友的一些消息，见到本人之后，就问道："有人说你已经离婚，还大肆庆祝，是不是真的？"

"没有结，何来离？"她反问。

"大家都以为你们是正式夫妻。"

"没错，这消息是我放出去的。出来工作的女人，有了婚姻，谈生意时对方会更尊重一些。所以当她找到了那个男的之后，就向人说我结了婚。"

"那你不是真心爱他的？"

"真心，真的真心。我爱他。"

"那干什么分手？"

"在一起之后，我发觉他完全变为另一个人。我是和那个变的人分手的，我爱的仍旧是我刚认识的那个人。当时我宣布结婚，就等于嫁给了他。不过，我认为不必去办那些烦死人的手续而已。"

"你说服得了那个男的？"

"大家都是年轻人，大家都相信爱情的伟大。情到浓时，说什么都好。"

"你现在才几岁，怎么说话那么老气横秋的？"我批评。

"不是老气横秋,是现实。"

"你不怕人家在背后说你是一个离过婚的女人吗?"

"怕呀,但是正式结过婚后离开对方,和没有结婚而分手,根本就是同样的事,怕也怕不了那么多了。"

"有没有一分伤感?"

"伤感也只是和拍拖时分开一样,并没有离婚女人那么严重。虽说只是一张纸,不过那张纸不轻呀。我现在放松得多了,以后要是找到一个合适的,再正式办手续也不迟。他也会认为我没结过婚,对我看重一点的。男人和婚姻一样,都是那么无聊的。"

做个 自由的 人，
无所谓 剩女不剩女

亦舒又在另一期的《明报周刊》专栏中，写了一篇《感情》，提到我说过："所有感情的烦恼，都因为当事人爱得不够。你若爱他，不会遭遇第三者，不会分居两地，也不会认为爱上不该爱的人。诸多踌躇，均因爱他不够，爱自己更多。"

我说过很多关于感情的话，已不记得，好在亦舒提醒。但感情事，也会因时间而变，你虽然有过金玉盟言，一旦对方已经变成了另一个人，那么可以取舍的。因为你的承诺依旧，可是对方已经不是当初那个人。离开了，是可以谅解的。

至于文章中提到年纪大了，还未婚的女人，称为剩女这回事，我也同意观点是无知的。当今是什么时代，不结婚就不结婚，结了婚也不代表是完美，有什么所谓剩与不剩？

问题是克服自己的心魔，人家说你，你就自以为是剩女。那么，神仙也救不了你。要是你不管其他人的批评，你才是一个真正的自由人，一个好的女人。我身边有很多这种好女人，她们有空了就去旅行，探望远地的老友，爱读书，喜欢看电影。这些精神伴侣，都比一个坏老公强得多。

我尊敬她们对不结婚的态度，不被世俗捆住，不向制度低头，人类的智慧，高于其他动物，所以婚姻制度才产生。但另一方面，高度的智慧，也因某些统治者造成了一种非常不合天然的道德水准。而这种水准，因时代而变，你如果是古人，一妻四妾；你要是生长在母系社会，一妻多夫，也是自然的事。

谈到性，似乎对亦舒不敬，她从来不提，不过在近作中，描述把男人换了又换的剩女，趣味性极高，推荐你一读。

尽善尽美 地 去做事，
便是 人生 最高成就

淑女，并不一定指年轻的女子。我认识的两位，老得不能再老，但在我心目中，永远是淑女。

我在日本学电影时，最大的得益是看到所有的法国与日本导演的经典精华。法日两国文化交流，各寄一百多套电影给对方。我在"近代美术馆"看完了法国的，再看寄回来的日本片。近一年时间，每天风雨不改地看片，加深我对电影的认识。

促使这件盛事的是川喜多夫人，她答应了法国电影图书馆的提案后就去各日本电影公司收集。五间大公司中，人缘最差的是"大映"的老板永田雅一，和所有的人都过不去。川喜多夫人的丈夫所创立的东和公司和东宝合并，更属于敌方，但她低声下气地跑去求永田雅一，请他捐出"大映"旧作，永田受她的热诚感动，交出拷贝来，这个收集才齐全。

上映的日本片子中，包括了当年还在国际寂寂无名的小津安二郎、成濑巳喜男、沟口健二等，更有我喜爱的冷门导演伊丹万作，他是伊丹十三的父亲。

这都是川喜多夫人努力的成果。她和先生川喜多长政很爱香港，对大闸蟹尤其有兴趣，每年到了秋天必来一次，我们常在天香楼相聚。川喜多夫人长得矮矮胖胖，衣着一直是非常整齐，更深爱穿和服，面孔非常慈祥。

招呼川喜多夫人，我无微不至。她一直不知道是为了什么，在公在私，我们的交往不深，不必付出那么多，她常向人说："蔡澜真是好人。"

其实,很简单,我很佩服她对日本导演的栽培,也让我有机会看到那么多名作,就此而已。但我也从来不为此向她解释,我和她女儿川喜多和子又是好朋友,她嫁过伊丹十三。后来离婚,再和我们共同认识的柴田结婚。

为了保存日本电影,川喜多夫人把私人财产拿了出来,"近代美术馆"刚成立时才有一百多部片子,而法国的电影图书馆已有八万部,当今,日本的也存了四万套电影。

川喜多夫人还是迷你戏院的原创者,她说服丈夫,成立了"ANT艺术剧院协会戏院",二百位左右,专放一些外国片、艺术片,像印度的雷伊的《大地之歌》、意大利费里尼的《八部半》和法国的阿伦连纳的《去年玛伦贝尔》,等等。一群爱好艺术电影的影迷集,钱不花在宣传费上,也做得有声有色。当年都是大戏院,坐一两千人,行内起初都当迷你戏院是笑话,后来才发现可以生存。在今天,更成为天下电影院的主流。

除了发行外国片,ATG更以小成本制作电影,造就了羽仁进、大岛渚、筱田正浩、寺山修司、冈本喜八、新藤兼人等新人。

如今,川喜多长政、女儿、夫人三人都已去世,但川喜多这一家族的往事,在国际电影圈中一直被流传,法国电影图书馆的局长亚伦兰格华更赞川喜多夫人说:"这是一位毫无利己的淑女。"

在这一专栏中,我曾经提过一位已经一百岁的酒吧妈妈生。

前几天,我又去她的酒吧"Gilbey A"。一走进门,看到柜台上摆一个镜柜,有她一张彩色照片,样子端庄和蔼,我已知道发生了什么事。

"去年逝世的。"酒吧经理说,"活了一百零一岁。"

"不是说过吗?她一死,这家酒吧就做不下去了,怎么还开?"我问。

经理回答:"老客人都要求她的儿子继续下去。"

"儿子是做些什么的？"

"普通的白领，对喝酒一点兴趣也没有，不常来，几个月都看不到他一次，他说妈妈留下的财产也足够经营，就让这家酒吧一直开下去，等到一天全部花完才关掉吧。但是客人不断上门，还有钱赚呢，我想可以开到我也死去为止吧。"经理说。

"你跟了她有多少年？"

"三十几年了，和她一比，我做这一行，不算很久。妈妈生说过，一种行业，不管是做护士或是秘书，只要终身努力，做得最好，就是一个成就，做酒吧也是一样的，我永远记得这句话。"

"死得不痛苦吧？"

经理娓娓道来："起初已是不舒服了，打电话来说要迟到一点，这么多年来她一直很准时，八点钟一定要到店里来，所以我们都感到不妥了。后来见她勉强出现，但是把头伏在柜台上休息。听听客人的欢笑,她又兴奋起来,和普通的时候一样,像一点病也没有。有些从乡下来的客人要求和她合照,更是四处走动,最后才支持不住坐了下来,我一直劝她去医院,她不肯。她说过:'我一进医院就会死的。'看她的脸色越来越不对,我只有把她儿子叫来,她还是说只肯回家。坐上的士时,已经昏迷,送进医院,一个星期后去世了。我心中知道,她不肯走,是想死也要死在酒吧里,这到底是她最喜欢的地方。"

把这两位淑女的故事说给友人听,大家唏嘘不已,都说在她们活着的时候没有机会见面,是多么可惜的事。

这世间,有很多坏蛋,死后给人加油添醋,变得面目可憎,讨厌到极点。反观这些值得歌颂的人物,死去越久,传奇性更为丰富,不是发生在他们身上的美谈,都贡献了进去。见不到本人,已不是重要的了。

好的 女人 不会老

我常说:"好的女人不会老。"

没经验的年轻人不知道我说些什么,昨天微博上出现了一个:"我看到昂山素季的新闻。现在,我了解你说的,一点也不错,好的女人,是不会老的。"

也有些女政治家也长得美,像巴基斯坦的贝・布托。

什么叫娇柔?很多人都提起她在家门出现,向支持者挥手的那一刻，但只要仔细看新闻，就知道她对人打招呼之前，是接着那束鲜花后，采下一朵，插在发髻上面。这就是娇柔了。

另一个不会老的例子是朱玲玲，儿子已长得大到可以追求游泳女将了，她本人看起来，比未来媳妇还要年轻。

但样子看来不会老的，就是好女人吗？那也未必，她的好，是好在有独立的思想和行为。日子一久，先生不懂得珍惜，她忽然出走，改嫁欣赏她的男人。贤淑的妻子，没有什么令人惊奇之处，世上也多的是，但预料不到的个性，才令人更加敬佩，男人娶过了她，也算是一种荣幸了吧。

这两个人都是来自缅甸，会不会只有缅甸女人才那么顺眼，那么耐看呢？

佛教的熏陶还是有点关系吧？一个缅甸，一个柬埔寨，两者都受过民族大屠杀。

缅甸人，一脸和祥，问他们最幸福的事是什么？回答道："能够到庙里去打打坐，最幸福了。"

但泰国人也深信佛教呀，怎么在政变时还要杀那么多人？要知道，佛教不是他们本身的信仰，是外来的。

说到外来，缅甸的佛教也是外来，这又要更深一层研究人性了，弘一法师说："自性真清净，诸法无去来。"

是的，人性一美，人就美。最厉害的，还有不会老。

年轻人 最稀缺的 是勇敢

年轻人充满信心,自大得很。

但是奇怪,他们怕这个怕那个,怕的东西和人物真多。

读书时怕考试,怕凶恶的老师,怕交不出功课,怕考不到学校。

初闯情关,怕出现一个比你更有钱的少爷对手,怕说明爱意被人笑。

怕自己不够好看，怕长满脸的青春痘亦不好，怕太瘦，怕太肥，怕太高，怕太矮，怕一生孤独没人要。

出来做事，怕上司，怕同事用刀子插你的背脊，怕被炒鱿鱼找不到工作。

买点股票，怕做大闸蟹。买张彩票，怕不中。步入中年之前，又怕老。

到了我们这把年纪，才是真正的天不怕地不怕了。对我们来说，一生已经赚够了，再也不能从我们身上剥削些什么。

真不明白失恋为什么那么恐怖？这个不行，找另外一个呀！难道天下只剩一个女人？

样子长得好不好看？哈哈哈哈。不好看又怎样，满脸皱纹又怎样？那是我们的履历书。

生了一个大肚腩？好呀好呀，女人当枕头，还不知多舒服！这个年纪，有肚腩才是正常。骨瘦如柴的，不聚财。

遇到有钱佬，照样你一句我一句，身份平等。你以为他有钱，死了之后就会留给你？

遇到高官，还是开开玩笑算了，也不会因得罪了他们而被秋后算账的。

看医生时，说一句："大不了死了。"一切就那么轻松带过。

如果上帝出现在眼前，问问他："你出恭的样子，是不是和平常人相同？"

爱 要 勇 敢 表 达

在一本周刊上写过一阵子爱情信箱,后来问题逐渐雷同,答得懒了,停笔。

但还有些读者继续来信,寄到公司,我不想私下回复,借此方块涂几个字,要是来信者看得到,是缘分;看不到,也就算了。

有个人第一年在信上说他暗恋一个女同事,非常痛苦,问我怎么办。

我回答说鼓起勇气，向她表白好了。

不过，这位仁兄并没有这么做，第二年又来信，重复自己的苦恼。

我看了不耐烦，骂道，要是再这么婆婆妈妈，自生自灭可也。

今天收到他第三年的信，报告过程：他说他已决定辞去这份工作。在送别会上，他向她说："我一直以来是多么爱你。"

这是他背了一次又一次，怕到时脑海一片空白，什么也说不出的对白。

女孩很明确地拒绝了他，说已有男友。

套用他本人的话："表白不用五分钟，闪一闪，便过了。很伤心，但又很解脱。"

这不是很好嘛！早这么做，也不必辛苦三年工夫。

这男的又问对方，可不可以和她做普通朋友。她答应了，但是男的还要问我：

一、背着良心说做普通朋友，是不是很傻！

是很傻，但你又能做些什么？

二、是否时间会冲淡一切？因为心还很痛。

是的，时间会冲淡。

三、尽力过，开口过，还是放不开，是不是很没用的男人？

如果没用，大多数男人都没用。

我回他上两封信时，忘记告诉他一个绝招儿，那就是和女人分手时，永远要加一句：回心转意时，可以随时找我！这句话很管用，女人和男人一样，寂寞起来，什么事都做得出。

女人越强势，
对家庭毁灭性越大

"出来喝杯咖啡，我有话跟你说。"珍妮来电话，我知道有重要的事发生在她身上，要是没有的话，她从来不会找我。看在老朋友的分上，我赴约。

遥望着维多利亚海港，景色迷人，等了快一个小时，珍妮来到，依然是那么好看，已经是这个年纪的人了。

"国梁不要我，我们在办离婚手续。"她一坐下来，劈头来这种话。

听了有点愕然，他们是理想夫妇，怎会闹到这地步？

"你知道我们是青梅竹马，他是我生命中的第一个男人，我也从来没有碰过其他。"她说。

和我纠缠的那段日子呢？那么我不算是一个男人吗？

"十六岁就给了他，三十年了，换来是这么一个结局，你说我应该怎么办？"

面对事实，重新来过，只有这种选择呀，我心想。

"好在我们两个孩子都大了，你才不影响到他们，阿尊你抱过的，我从他小的时候就决定要他当医生，果然做了一个很成功的兽医，不过他人在美国，不肯回来。阿祖我一直要他当律师，现在他也走进这一行。"

我听说她小儿子做不成律师，现在在一家律师楼出出入入，向还没有决定要不要打官司的人出主意,所谓的"师爷"就是这种人物。

两个儿子从小就受母亲完全的控制,穿什么衣服、请什么人来补习、这个女朋友好不好,等等。只有母亲的声音,从儿子口中听到的只是"是是是"。

正想问她丈夫是和怎样的女人搞上的,她已经先开口:"我怎么看也看不出她有什么好,样子又不漂亮,瘦得像一根竹竿,大学也没念过,这种女人,满街都是。"

是呀!照她所说,国梁不会爱上这种女人才对。

"三十年了,没有功劳也有苦劳呀!"这句话家庭主妇常用的,我不知道听过多少次。

珍妮的丈夫梁国梁,是一个会计师,绝对不是花花公子型的男人。但这种男人最危险,遇到了一个新的,就完蛋了。所谓的"临老入花丛"。

"移民到加拿大夫，也不是我的错呀！"她继续说，"不是我一个人这么想，把房子卖掉，去那边买间大的，谁知道那边的房产一直起不来呢？不过话说回来，就算留住，现在也跌得不像样，哈，早知道？哪有早知道的？广东人说，有早知，没乞儿。"

这一点我是同意的。

"那个女人也是我介绍到他的公司去做的，看她人品不错，才决定请她。公司的事，大大小小，还不是我一手打理？国梁认什么都好，什么都迁就别人，到最后吃亏的是他，不替他安排的话，公司早就倒闭了。真想不到那女人会变成狐狸精。"愈讲愈激动，珍妮开始哭了，"三十年了，没有功劳也有苦劳呀！"

到底是怎样的一个女人？我真想看看。珍妮好像猜到我在想什么，说："记得戚华义吗？她就是戚华义的女儿。小戚的老婆还有三分姿色，长得像妈妈就好彩，但是样子和她爸爸是一个饼模倒出的。"

我当然记得戚华义了，当年也追求过珍妮的，样子像《一百零一次求婚》的男主角,我们一班朋友都说是绝对不可能的事。

戚华义后来和一个平庸的女人结了婚,只生了一个女儿,我也见过,像珍妮所说,瘦得像一根电灯柱,还驼背,梳了两个老太婆髻子,绑着花布。如果你记得大力水手的女朋友"橄榄油"是怎么一个样子的话,就知道她是什么样子。不,这么说也侮辱了"橄榄油",这个女人笑起来会看到"两排"牙箍,像《007》影片中的钢牙多一点。

"国梁太不争气,到了加拿大,在会计楼找不到工作,有个朋友请他去餐厅当经理,薪水不错,但是他死都不肯,一定要跑回香港。租了一个小办公室,只请了两三个职员。戚华义那个女儿要是长得像陈水扁那个翻译我没有话说,像克林顿要的那个肥温我也能够理解。哈,三十年,没有功劳也有苦劳呀!"她重复又重复,一口气把话说完,我才发现自从她坐了下来,自己还没有开过口。

我朝着洗手间的方向,走开。

就是那么巧,站在我身边的不是梁国梁是谁?

"喂！你太太也在外面喝咖啡。"我说。

国梁把手指放在唇上嘘了一声："千万别告诉她我也在这里。""你怎么和戚华义的女儿搞上了？"我问。

"哪里有这一回事？都是她疑神疑鬼。"

"又怎是弄到要离婚呢？"

"我忍受不了她了。"

"三十年了不忍也忍了吧？"

"就是最后一件事忍不了。"

"什么事？"

"我要求她，在我回家的时候不要骂菲律宾家政助埋，只有这一样。我不在的时候,她要骂让她骂个够,只要我在的时候不骂就行。"

"她照骂?"

梁国梁点头:"你明白我说的?"

"我是明白。"我说。

关于金钱，不如自己赚来的花得那么痛快

我常说人的高低，从谈话之中即能分辨出来。今天重读张爱玲和苏青的访问，更觉得我的话没说错。

有个记者约了她们对谈，地点在张爱玲的公寓，讨论的是职业、家庭和婚姻的问题。

一开始，苏青就滔滔不绝地发表她的理论，说职业妇女太辛苦了，没家庭主妇那么舒服，在外工作之余又要操持家务，男人还要千方百计去抢她们的饭碗。

张爱玲听了只是简单地说，社会上人心险恶，本来就是那样。

苏青又说了一大堆话来支持自己的论点，张爱玲淡淡地道："我不过是说，如果因社会上人心坏而不出去做事，似乎不能接受现实。"

苏青再诉苦一番，又说职业妇女的丈夫会被喜欢打扮的女人抢去，岂不冤枉？

张爱玲说："可是你也和我说过，常常看到一种太太没有脑筋，也没有吸引力，又不讲究打扮，因为自己觉得地位很牢靠，和这种女人比，还是职业妇女可爱一点。和社会上接触多了，时时都警醒着，对于服饰和待人接物的方法，自然要注意些，不说别的，单是谈话资料也要多些，有兴趣些。"

关于金钱，苏青认为用别人的钱快活；张爱玲说不如自己赚来的花得那么痛快。不过用丈夫的钱，如果爱他的话，那是一种快乐。

苏青又批评抢人丈夫的女人都不做事,张爱玲说:"有些女人本来以爱为职业的。"

苏青说这对兼家务和工作的女人不公平,卖淫制度不取消,会影响到婚姻。张爱玲说:"家庭妇女有些只知道打扮,跟妓女其实也没什么不同。"

讲到家庭和孩子,苏青长篇大论,还是张爱玲聪明,她没经验,不出声。

你若 盛开，蝴蝶 自来

日本明治时代，出现了一个很传奇性的女人——贞奴。

为什么叫贞奴呢？原来她的乳名为贞，从小就长得很美，家里有十二个兄弟姐妹，她父亲在她七岁时便把她卖给艺伎院，十二岁就以丫鬟姿态出现于宴会中，日本称为"小奴"。到十六岁正式做了艺伎，大家还是叫她作贞奴。

七十多年前，❶当社会还是很保守的时候，有本杂志访问贞奴，对答如下：

爱好——小说和翻译书；吃的东西——天妇罗；喝的东西——苹果汽水；烟呢——不抽；娱乐——音乐；爱玩些什么——小狗；崇拜的人——稳如泰山的人；用什么肥皂——外国货；用什么香水——舶来货；你认为自己有气质吗——有，胜利的气质。

当时骑马、游泳、打桌球，都是男人最时髦的玩意儿，她样样精通。

贞奴的一生充满戏剧性。最初收养她的是内阁伊藤博文，接着嫁给演员川上音二郎，自己成为天王巨星，最后又和开发木曾川水利工程的"电力王"福泽桃介相好。

NHK国立电视每年都拍摄些制作费浩大的长篇连续剧，明年开始

---

❶ 本文写于一九八五年。

他们的重头戏便是以贞奴为蓝本的《春之波涛》。

女主角除了当今红得发紫的松坂庆子外，不作第二人想。

现在我们由松坂庆子的印象，化入两排巨大枯树的东京道中，一个少女骑着马在奔驰。

路人惊艳，询问她是谁，大家只知她出生在艺伎院里，是当今最红的角色，也是总理伊藤博文的宠物。

贞奴失身于伊藤是命运的安排，她自己没有选择，但是她内心不停地反抗，她不想成为妾侍，在这个时候，她遇到早上也在骑马的庆应大学学生岩崎桃介，勇敢地爱上他。

岩崎还年轻，追求门当户对的女孩子做太太，并没有把贞奴放在眼里。贞奴的心碎了⋯⋯

总理伊藤博文很爱贞奴，看见她每天忧郁，心有不忍，当贞奴碰见二流演员川上音二郎,马上决定嫁给他的时候,伊藤也就无可奈何地答应放她一马。

贞奴做太太后拼命地为丈夫打气,甚至鼓励他去参加竞选国会议员,这事情当然失败,川上到底不是走政治路线的人才。

日本住不下去,两人组织了一个戏班子坐船到美国去表演。到了旧金山后才知道他们去的戏院老板破产了,一团十九个人沦落到要在公园自己煮饭吃。他们一路在街头演戏一路流浪到芝加哥。

结果带去的两个女主角病了,却在这个时候有人请他们正式地到歌剧院去表演,贞奴本来是以团长太太的身份跟去的,到现在也只好硬着头皮上阵。她当艺伎时受过的舞蹈训练,结果派上用场,大受观众欢迎。

乘着这个势,他们由纽约横渡到英国,再由伦敦赶去参加当时巴黎的万国博览会。

贞奴穿的和服引起了东方浪潮，大家称之为"贞奴服装"。名作家基洛、雕塑家罗丹都撰文歌颂。连毕加索也迷得如痴如醉，他要贞奴做他的模特儿，贞奴高兴得要命，不过当她发现原来做模特儿是要脱光衣服的时候就摇头不干，结果毕加索只好画一张她在舞台上表演的版画，这张画在毕加索集中可以看到，的确把贞奴画得很美很美。线条重复，手也画了好几只，全身好像在动着。

回国后，贞奴在东京公演莎士比亚的《奥赛罗》，饰演女主角苔丝狄梦娜，这是西洋剧第一次在日本上演，以前日本都是男扮女装，她也成为舞台上的第一个女演员。

谈到此，顺带一笔的是弘一法师李叔同也和贞奴有点缘分，他后来演话剧《茶花女》，多多少少受贞奴的影响。

李芳达回忆《春柳时代的李哀先生》一文提到：最初，李叔同和同学们在某艺院看了川上音二郎夫妇所演的浪人戏，他们爱好戏剧的热情，从事戏剧的热情，从事戏剧的欲望，已经从内心翻涌出来……

川上音二郎在四十八岁那年病死。贞奴留在帝国剧场中训练新演员。

年轻时贞奴爱过的岩崎桃介这时反过来追求她，他已娶了政要福泽谕吉的女儿房子，但还不顾一切闲言闲语，要求贞奴原谅他当年的愚蠢，并为贞奴筹备了她退出艺坛的盛大公演。

贞奴终于又成为岩崎的黑市夫人，不过贞奴当时的情形并不需要人家来养，她已有足够的储蓄买房子，并且在热海还有一栋别墅。他们两人的关系，作家松元苑子说没有性的存在，这也值得怀疑。那时候岩崎虽说已经五十岁，贞奴四十七岁，互相的性欲应该还是有的。

不过人到这个年纪对事业和金钱看得更重，岩崎拼命地计划着木曾川的大水坝工程，他的太太房子是个名门闺秀，不会出来替丈夫应酬，这工作倒是贞奴替房子顶上，为岩崎当外交，拉了不少关系。

他们之间的三角关系，历史上没有记载，只靠作家们的幻想弄得错综复杂，这里不赘。

贞奴是个勇敢超越时代的女性,不过她的思想始终还是受到儒家的束缚,她当初不肯做总理伊藤博文的小老婆,后来也没有当岩崎的妾侍。

木曾川的水坝建好后,岩崎成为日本电力王,她只是在遥望着人造的巨川,在附近买了一块地,建了座优美的庙宇,称之为"贞照寺"。

七十六岁时贞奴去世,骨灰照她本人的遗愿,埋葬在贞照寺内,永远地看着她和她的爱人一起完成的木曾川水坝。

NHK长篇剧《春之波涛》里,伊藤博文由伊丹十三扮演,他是个好演员,父亲伊丹万作为导演,以前和彼得·奥图一起拍过 *Lord Jim*,最近自己也导演了《葬礼》一片。

演政要福泽谕吉的是小林桂树,二十多年前的《同林鸟》相信爱电影的观众还会记得。演他女儿房子的是榆富美,我们对她较陌生。岩崎桃介由风间杜夫扮演,他只是个英俊小生。至于贞奴丈夫川上音二郎,选中了中村雅俊扮演,亦是歌手和电视红星,大家都熟悉。

永恒 的 婆媳矛盾

在悉尼的街头漫步,忽然,有个女人叫我的名字。

转头,即刻认得是橄榄油。

当年,我孤家寡人,朋友把橄榄油介绍给我拍拖,想不到分开了那么久,能在此重逢。

橄榄油其实长得相当好看,只是手长脚长,又梳了个髻,走起路来,形态像大力水手的女朋友橄榄油,我和她熟了之后,便这么开玩笑地叫她,她一听到,一定握拳来捶我的胸。

"橄榄油!"我本能反应叫了出来。

她本能反应地握拳捶我胸。数十年,一跳,跳过了,好像从前一模一样。她咔咔咔的笑声,一点也不变。

一般的女人,近五十岁,已经老得不成样,看得吓一跳,但好女人不会老,橄榄油是好女人。

仔细看她,保养得很好。一身衣服不是名牌,但色调很协调,腰并不粗,还是手长脚长那个样子。

我们拥抱。

她拉我到维多利亚皇后大厦二楼一家别致的咖啡厅坐下,两人开始聊天。

"我的儿子刚结了婚。"她宣布。

晴天霹雳,回到现实。

"做祖母的感觉是怎么样的?"为了掩饰我的冲击,只有即刻开玩笑。

咔咔咔,她又大笑:"呸呸呸,还没有生出来呢,你要骂我老就直接说出来好了。"

那一天,她问我说嫁给我好不好?我回答已经娶了工作,她转头就和一个商人结了婚,移民到澳洲来。

我嬉皮笑脸地:"老不老,要摸过才知道。"

"你够胆就当众来。"橄榄油说完挺了胸膛。

我马上做伸出魔掌状,她咔咔咔地缩了回去。

"谈正经的,人家都说婆媳之间很难相处,你们的关系搞得好不好?"

"不好。"她回答。

原来这个女人也和其他女人一样。

"别误会,"她好像看得出我在想什么,"人没有那么容易变,我还是以前那个个性,对人没有腌尖❶的要求,不然怎么会看上你?"

"说的也是,说的也是。"我又笑了,"还是来一下再聊天吧。"

"让我考虑一分钟。"她说。

这句话是她的口头禅,我记起来,通常说过之后,就做思考状,然后即刻答应。

---

❶腌尖:粤语方言,尖酸刻薄之意。

但人家平淡的生活,又去搞什么波澜呢?开开玩笑就算了。

"你媳妇是怎样一个人?"

"娇小玲珑。"她说,"留了一头乌溜溜、直不弄通的长发,漂亮到极点,我虽然是女人,也爱看美丽的女人的。"

"你讨厌她是因为她长得比你好看?"我又不正经地搭讪。

她娓娓道来:"我儿子第一次带她到家里来吃饭,她静静地坐在一边,对她的印象好得不得了,一直嘀咕说我儿子配不上她。

"后来,见面多了。我走进厨房时看到她在偷偷地抽烟,我说不要紧的,我不反对,你尽管在客厅抽好了。为了使得她更好过,我甚至开玩笑地说我从前的男朋友,大多数是抽烟的。她听了一点反应也没有,还是把烟熄了,走回客厅。

"隔几天,我儿子忽然来问我:'妈,你年轻的时候是不是很滥交的?'我的天!话怎么是那么传的呢?'是谁告诉你的?'我问。

儿子说'是你亲口告诉珍妮的',我听了什么话也说不出来。

"吃饭的时候,她宣布:'我不爱吃菠菜。'好呀,我想你不爱吃就别吃,我爱吃,我吃好了。大力水手也喜欢吃呀。过几天儿子又来向我说:'妈,珍妮不喜欢吃菠菜,下次她来吃饭,别炒菠菜好不好。'

"哎呀,我一听可火了。到下次她来吃饭,我炒了一碟菜心、一碟芥蓝、一碟芽菜给她。珍妮的脸愈拉愈长,眉毛紧锁,伤心地走进厨房偷哭。我儿子看得心痛,跑过来说:'妈,你何必和她作对?'

"我怪自己做得过分,走过去拉珍妮的手,向她道歉,答应说不想见菠菜就下次不会再做菠菜了,哪知道这个婊子狠狠地瞪了我一眼,把我的手甩掉。"

橄榄油一生气,粗口便飞出,从前也是一样的,我很同情她,又不知道怎么安慰她。

"志不同道不合,少见就是。"她说,"就可惜和儿子疏远了。"

我知道我非帮她忙把这个结打开不可,但是要伤她的心,也没办法,我说:"你和你家婆,是不是也很少见面?"橄榄油怔了一怔,又咔咔咔地大笑说:"你还是一样,什么事都有一个答案。"

说完大家又拥抱,分开时忘记留地址,不知什么时候再见到橄榄油。

在喧嚣的世界里，
坚持以匠人心态认认真真打磨每一本书，
坚持为读者提供
有用、有趣、有品位、有价值的阅读。
愿我们在阅读中相知相遇，在阅读中成长蜕变！

好读，只为优质阅读。

蔡澜谈爱情

策划出品：好读文化	装帧设计：果 丹
监　　制：姚常伟	内文制作：果 丹
产品经理：罗 元 张 翠	责任编辑：徐 鹏

图书在版编目（CIP）数据

蔡澜谈爱情 / 蔡澜著 . -- 北京：北京联合出版公司 , 2023.4
　ISBN 978-7-5596-6672-7

　Ⅰ.①蔡… Ⅱ.①蔡… Ⅲ.①散文集－中国－当代 Ⅳ.① I267

　中国国家版本馆 CIP 数据核字 (2023) 第 031469 号

蔡澜谈爱情

作　　者：蔡　澜
出 品 人：赵红仕
责任编辑：徐　鹏

北京联合出版公司出版
（北京市西城区德外大街 83 号楼 9 层　100088）
北京世纪恒宇印刷有限公司　新华书店经销
字数 155 千字　840 毫米 ×1194 毫米　1 ／ 32　10.5 印张
2023 年 4 月第 1 版　2023 年 4 月第 1 次印刷
ISBN 978-7-5596-6672-7
定价：52.00 元

版权所有，侵权必究
未经许可，不得以任何方式复制或抄袭本书部分或全部内容
本书若有质量问题，请与本公司图书销售中心联系调换。电话：（010）82069336